不良品

MY NAME IS Lucy Barton

伊麗莎白・斯特勞特——著　張芸——譯

獻給我的朋友

凱西・張伯倫

國內名家感動推薦

才看了開頭，我就立刻訂購這個作家的其他作品，深怕再錯過什麼。

讀了幾頁後，我開始壓抑不住身體裡屬於演員的那股戲癮，再讀下去，又同時以書寫者的身份讚嘆不已。

這會是我渴望努力寫出的故事，然後一個人站在舞台上，成為那個角色。

——鄧九雲（演員．作家）

我們這群斯特勞特的讀者，以鉗形編列在她的故事中前進，一半循線性直行，另一半則逆向搜索。斯特勞特並不構築迷宮，她只是把每個轉角細磨到發亮。向前逆轉，我們交錯成行，書冊如霧靄，遠遠近近亮起一盞盞燈。黃昏時沒有朋友，人生的不良品，你我仍可以活下去，因為有人以筆為舟，出於愛的牽繫使我們再度相遇。

——楊索（作家）

國外媒體佳評讚譽

這絕對是伊麗莎白．斯特勞特最擅長主題，在美國現今文壇，還有誰能比她更觸動廣大的讀者？一本帶著寬宏大量與諷刺書寫日常生活的作品！斯特勞特深入筆下人物靈魂最幽深的角落，彷彿我們就是那些人……只要讀過她的作品，你必會臣服於她的書寫，從今跟隨著她。

——《今日美國》

這部著作給予我們珍貴的情感財富，從最黑暗的苦難到最簡單的快樂。

——《紐約時報》

讀這本小說，一直讓人想起海明威關於寫作的名言：寫你所知道最真實的句子。這應該也是伊麗莎白．斯特勞特的作品之所以深觸人心的原因。

——《華爾街日報》

斯特勞特總是能將人們彼此珍愛的方式轉化為神祕深邃的文字，讓我們驚歎。

——《芝加哥論壇報》

短短的故事，卻寫出了我們如何肩負重擔行走於人生，儘管大聲承認傷痛能夠減輕我們的苦楚，但我們卻總是無聲地承受著，期待有一天為這痛苦找到出口。

——《華盛頓郵報》

主角露西的溫柔誠實，與丈夫的複雜關係，以及對母親缺點的細微反應，在在使這部小說巧妙地發揮了作用……這部作品就如同作者其他著作一樣，讓你從一道看似簡單的入口，漸漸走入越加迷人、撼動心神的情感世界裡。

——《舊金山紀事報》

一本關於感情的簡短小說，尤其母女之間的感情雖然複雜，但也來得更直接、更撼人！它以一種如此不經意，如此純淨而深刻的風格喚起了人與人之間的聯繫。讀過它，必會難忘！

——《新聞週刊》

關於母女的情感，斯特勞特寫得太好了！

——《時人雜誌》

讀這本小說會讓我們知道，故事的力量有多麼強大；也能讓我們體會到，一個好的敘述力將會帶我們跨越到何等神祕的境地。

——《邁阿密先鋒報》

1

那是許多年前的事了。有一次，我必須住院一段時間，幾乎長達九個星期之久。當時在紐約，夜裡從我的病床望出去，可以直接看到克萊斯勒大廈，亮著燈，閃出幾何圖形的光彩。白天，那幢大廈褪去了美麗的外衣，逐漸變成另一座只是映在蔚藍天幕下的宏偉建築；城裡所有的樓房也都顯得孤高、沉默，和我們的距離變得遙遠。那時五月，後來到了六月，我記得自己就站在窗邊，往下眺望人行道，注視那些和我年紀近似的年輕女子，身著春裝，在午休時間外出。我能看見她們交談時頭在轉動，上衣在微風中飛揚。我那時想，等出院後，當我再走過這段人行道時，應該很難不因自己能在人群中走動而心懷感謝——許多年過後，我的確還是懷著這樣的心情；我永遠記得從醫院窗戶看到的這一幕，也為著自己走在這段人行道而感到欣慰。

那次住院，一開始只是為了簡單的理由：切除闌尾。兩天後，他們給我吃固體食物，可是我吐了出來，然後又開始發燒。醫院裡沒有人能找出病因，或查出到底哪裡出了問題。誰都沒辦法。最後，他們幫我打點滴，有兩條管子連結在我身上：一條是經由靜脈注射讓我攝取流質食物，另一條則是加入了抗生素。兩條管子搭在一根金屬杆子上，下面則是搖晃不穩的輪子，讓我隨身推著走，可是我才動一下就累了。這些不知名的疑難雜症就這樣持續到七月初，便突然消失不見了。可是在那之前，我的狀況相當離奇，只能任由身體發著燒，等著它退燒，那過程讓我痛苦不堪。想到家裡的先生和兩個年幼的女兒，我日夜思念著我的孩子，對她們牽掛萬分，也可能是因為這樣，才讓我的病情加重了。

在那段時間，有個主要照看我的醫生，我對他懷有深厚的依戀——他是個下顎寬厚的猶太人，肩頭承載著淡淡的哀傷，我聽見他告訴一位護士，他的祖父母和三位姨媽都死於集中營，他的妻子和四個已成年的子女就住在紐約市。這位體貼的男士應該是同情我的境遇，才會對我保證，只要我康復了，就能讓我的兩個女兒（分別是五歲和六歲）前來探望我。

後來有一天，我們全家人都認識的一個朋友，果然帶著我的兩個女兒走進病房，我看見她們的小臉蛋上有汙垢，頭髮也有，於是我推著點滴架，陪她們走進淋浴間，可她們卻叫嚷起來：「媽咪，你好瘦啊！」她們真的被我嚇到了。我們母女三人一起坐在病床上，我用毛巾擦乾她們的頭髮，然後她們畫畫，但心神不寧，每隔不到一分鐘就停筆一次，說：「媽咪，媽咪，你喜歡這個嗎？媽咪，看我畫的仙女的裙子！」她們兩人幾乎不跟彼此講話，小的那個似乎尤其無法開口，當我伸出手臂摟著她時，我看見她的下嘴唇向外噘著，下巴顫抖——這個小不點啊，竟然如此努力地想要表現得勇敢。她們離開時，我沒有眺望窗外，只是目送她們和我的朋友走遠——我那個朋友，她自己沒有孩子。

至於我先生，他當然是忙著做所有的家事，也忙著上班，不常有機會來探望我。我們認識時，他告訴過我，他討厭醫院——父親在他十四歲時在一家醫院過世——如今我可以看出他說的是實話。醫院一開始安排我住的病房，我的旁邊是一位處於彌留之際的老嫗，她不斷大聲呼叫求助，令我觸目驚心的是，那些護士多麼不當一回事，任她一邊嚷嚷一邊垂垂死去。我的先生受不了——我的意思是，他受不了在那間病房探視我——於是把我換到一間單人房。

我們的醫療保險不負擔這奢侈的支出，因此住院的每一天費用都是從我們的存款支出。我很感謝能換病房，就樣就不必再聽到那位不幸婦人的喊叫，但假如讓人知道我多寂寞的話，會讓我感到很難為情。因此每當護士前來給我測量體溫時，我總是努力想多留住她幾分鐘，但護士很忙，她們不能放下所有的工作跟人聊天。

大概就在我入院的三週後，有天下午四五點左右，我的視線從窗外轉回室內時，發現母親正坐在我床尾的一張椅子上。「媽？」我說。

「嗨，露西。」她說著，那聲音聽起來羞怯卻急促。她俯身向前，隔著被單捏捏我的腳，又說：「嗨，可憐蟲。」我已經好幾年沒見過我母親，我一直盯著她，思索著她為何看上去如此不同。

「媽，你怎麼來了？」我問。

「哦，我坐飛機來的。」她擺擺手，我知道那對我們而言太五味雜陳了，因此我也朝她揮了揮手，然後躺平身子。「我相信你的病會好的，」她加了一句，用同樣聽起來羞怯卻急促的聲音說：「我沒有做到任何夢。」

她人一出現便用小名喚我，那名字我已很久沒聽到了，這讓我感到很溫暖，整個人都要融化了。也是在這時候，我才發現自己的情緒原來這麼緊繃，一直都硬邦邦的，而現在不是了。通常，我會在半夜醒來，然後斷斷續續地打盹，或完全醒著，盯著窗外城市的燈火；可那一晚，我一覺到天明。第二天早上，母親還是坐在前一天原來的位置上。在我跟她說這樣不會舒服時，她說：「沒關係，你知道，我睡得不多。」

護士提議搬一張折疊床給她，可是她搖頭；後來好幾次護士說要搬個折疊床給她時，她也還是搖頭。過了一段時間，護士就不再問了。母親在醫院陪我住了五晚，自始至終只睡在她坐的椅子上。

在我們共處的第一個整天裡，母親和我都是隔一會兒說一些話；我覺得我們倆都有點不知所措。她問了我幾個問題，跟我女兒有關，我回答時臉開始發燙。「她們棒極了。」我說：「噢，她們真是棒極了。」至於我先生的情況，母親什麼也沒問，儘管──他在電話裡告訴我的──是他致電給她，請她過來陪我，他還出錢為她買機票，並提議去機場接她，因為我母親從來沒坐過飛機。雖然她說自己會搭計程車，雖然她拒絕與他面對面相見，但我先生還是教了她該怎麼走，並給她錢，讓她來到我這裡。此刻，坐在我床尾的椅子上，母親也沒有提到我父親半句，因此我也絕口不提他。我一直期盼她會講出「你父親希望你能好起來」，可是她沒有。

「媽，搭計程車會怕嗎？」

她遲疑了一下，我確定自己看到了當她走下飛機，必然襲上她心頭的那份恐懼。但她說：「我有嘴巴，我會開口問。」

過了片刻，我說：「你來這裡，我真高興。」

她的臉上閃過一絲微笑，眼睛望向窗外。

那是八〇年代中期，還沒有手機，當我床邊米色的電話機響起，發現是先生打來並對他說「嗨」時（我確信母親從那聲可憐兮兮的「嗨」、快哭出來的語氣裡，聽得出是他打來的），她會悄悄從椅子上起身，離開病房。我猜她是趁那段時間去餐廳找吃的，或是用走廊盡頭的公用電話打給父親，因為我從沒見過她進食，也因為父親必定會惦念她的安全——就我了解，他們之間沒有不合——等我和每個孩子通完話，對著話筒親吻了數十遍，接著靠回枕頭、闔上眼睛後，我母親會又溜進病房，而當我睜開眼睛時，她就在房裡。

共處的第一天，我們談起我哥哥，三個子女裡最年長的，未婚，在老家和父母一起住，儘管他三十六歲了。我們還談起我姐姐，三十四歲，住在離老家十英里的地方，已婚，有五個孩子。我探問起哥哥是否有工作。「他沒有工作，」母親說：「晚上他都隨便找一頭第二天要宰殺的牲畜，和牠過夜。」我問她，你說什麼，她重複了一遍她講的話。她又說：「他去佩德森家的牲口棚裡，睡在那些將要送往屠宰場的豬旁邊。」聽到這番話我相當吃驚，老實對母親說，但她只是聳聳肩。

隨後，母親和我聊起那些護士。她立刻替她們取了外號：「甜心餅乾」，給那個皮包骨、手腳俐落的護士；「牙疼」，給那個愁眉苦臉、年齡稍長的；「嚴肅小孩」，給我們兩個都喜歡的那個印度女孩。

可我累了，於是母親開始跟我講起她早年認識的那些人。她說話的語氣，在當時的我聽起來，就如同有一股壓抑的情感、言語和看法在她心中鬱積了多年，她的聲音帶著不由自主的喘息。有時我會打瞌睡，醒來時，要求她再講一次，可是她會說：「哦，小可憐，你需要休息。」

「我在休息啊！拜託啦，媽，講些東西給我聽。講什麼都可以，跟我講凱茜・奈斯利吧。我一直很喜歡她的名字。」

「對啊。凱茜・奈斯利。哎呀，她的下場不好。」

2

我們是怪胎，一家人都是。我們住的地方——即使在伊利諾州的阿姆加什那個一點點大的小村鎮，也有些人家的房子破爛不堪、外牆久未粉刷，甚至沒有百葉窗或花園，沒有半點能讓人目光流連的美景，但這些房子都至少集中在那片算是「鎮上」的地方，可是我們不住在那附近。據說對孩子來說，他們不會在乎住家周圍的環境，然而薇姬和我明白，我們不一樣。有小孩會在操場上對我們說：「你們一家人臭死了！」然後會用手指捏著鼻子跑開；我姐姐上二年級時，老師也曾當著全班的面對她說：「耳後有汙垢，可不能拿窮來當理由，沒有人會窮得連一塊肥皂也買不起。」我的父親在農機廠工作，時常因和老闆爭執而遭到解雇，但之後又重新被雇用，我想人家會回頭要他，是因為他的技術好。而我母親則在家替人做縫紉：一塊手工畫的牌子，在我們長長的車道和馬路的相交處，寫著「裁縫改衣」。雖然父親在晚上帶著大家念禱文時，要求我們感謝上帝讓我們有充足的食物，但事實是，我老是饑腸轆轆，我們有好多日子都只是吃塗了糖蜜的麵包當晚餐（撒謊和浪費食物向來是要受懲罰的）。此外，有時候在毫無預警下，我的父母——通常是我母親，而父親也在場——會衝動地狠揍我們一頓。我覺得，從我們身上一塊紫一塊藍的瘀青和抑鬱的性格中，有些人也許已察覺出端倪。

還有，我們的與世隔絕。

我們住在索克谷地區，在那裡你走得再久，也只會看見一兩棟原野包圍下的房子。先前我提過了，我們附近沒有房子，只有一望無垠的玉米田和大豆田相陪，而在地平線的另一端，是佩德森家的養豬場。玉米田中間矗立著一棵樹，光禿禿的，很引人注目。許多年來，我把那棵樹看作我的朋友——它也確實是我的朋友。我們家位於一條很長的泥土路盡頭，離河不遠，鄰近有一些樹，是玉米田的防風林。可想而知，我們附近什麼鄰居都沒有；我們沒有電視，家裡也沒有報紙或書刊。母親婚後第一年在當地圖書館工作，顯然她很愛書（這是哥哥後來告訴我的）。可是後來，圖書館通知她，規定改了，他們只能雇用好學歷的人。母親並不相信他們的話，但也中止了閱讀，許多年後才又走進另一座小鎮的圖書館，又可以借書回家了。我會提到這些，是因為那關係到我們小孩會因此對這個世界產生什麼樣的認知，以及如何處世的問題。

例如，你怎麼學會知道詢問一對夫婦他們為何沒有孩子是不禮貌的？你怎麼佈置餐桌擺放餐具？你怎麼知道自己在嚼東西時竟張著嘴巴，假如沒有人告訴過你的話？甚至，你怎麼知道自己的長相如何，假如家裡只有高掛在廚房水槽上方那面極小的鏡子？或假如，你從未聽過哪個活著的傢伙說你漂亮，反而是當你的胸部開始發育時，才從母親口中得知，你長得像佩德森家牲口棚裡的母牛？

薇姬是怎麼走過來的？至今我還不知道。我們不像你所想的那麼親近；我們一樣沒有朋友，一樣受人嘲笑，但我們打量彼此時懷疑的目光，與打量外面世界時所用的相同。而現在，因我的人生已不同以往，當我不時回想起從前的歲月時，竟開始覺得事情沒有那麼糟。也許是真的沒有，但有時在走過陽光普照的人行道、望著迎風彎折的樹梢、或看見十一月的天幕在東河上拉攏之際，那黑暗的感覺會出奇不意地，驟然充塞我的全身和心頭；它越沉越深，會有個聲音從我嘴裡跑出來，這時我只得進到最近的服裝店，和陌生人聊聊新到櫃的毛衣樣式。

這想必是我們大多數人與這個世界應對的方式：一知半解，但湧上心頭的回憶絕不能讓它影響你的現實生活。但是當我看見別人自信地走過人行道，彷彿沒有絲毫恐懼時，才意識到我並不了解別人的情況。然而人生的種種，似乎都來自於揣度。

3

「凱茜這人最重要之處，」我的母親說：「凱茜這人最重要之處是……」她在椅子上俯身向前，側過頭，手托著下巴。我逐漸發現，自從上次見過她以來，這些年她胖了，正好胖得使她的五官線條趨於柔和：她的眼鏡不再是黑色，換成了米色；兩鬢的頭髮益發暗淡無光，卻沒花白，因此，她好像微微發福、多了幾分圓潤的年輕時的自己。

「凱茜這人最重要之處，」我說：「是她心地善良。」

「我不知道，」母親說：「我不知道她有多善良。」這時，

「甜心餅乾」護士拿著寫字板走進病房，打斷了我們的談話，她抓起我的手腕，一邊測量脈搏，一邊出神地盯著空氣，湛藍的眼睛投向遠方。她給我量了體溫，瞅了一眼體溫計，在我的病歷上寫了點東西，隨後走出病房。我的母親，之前一直注視著「甜心餅乾」，此刻凝望窗外。「凱茜．奈斯利總是不知足。我時常想她為什麼跟我當朋友——唉，我不知道我們是否能稱為朋友，其實，我只是替她做裁縫，她付我錢而已——但我老想著，她為什麼願意逗留聊天——喔，她確實請我去過她家，在她出事時……不過我真正想說的是，我一直覺得，她喜歡看到我的處境比她差。在我身上，沒有任何能令她嫉妒的東西。凱茜總是嚮往某些她沒有的東西。她有幾個漂亮的女兒，可那不夠，她想要個兒子。她在漢斯頓有舒適的房子，可那不夠好，她想要一棟離市區更近的。什麼市區？她這人就是那樣。」說著，我的母親從裙子口袋掏出些東西，瞇起眼，用更低沉的聲音說：「她是獨生女，我想這有一定的關係，他們會相當地自我中心。」

我感到一陣冷一陣熱，因為這是毫無預警的一記當頭棒喝：我先生是獨生子，很久以前，母親曾告訴我，這樣的「條件」——我一字不漏地記得，她說的是：絕對是個自私自利的人。

母親繼續說：「嗯，她會嫉妒。不是嫉妒我，當然。凱茜想去旅行，她先生沒那興趣，他希望凱茜安心待在家裡，他們可以靠他的薪水過日子。他的工作很不錯，管理一座種植飼料玉米的農場，你知道的。而且他們的生活愜意極了，誰都想過他們的生活，這是真的，你看，他們還去什麼俱樂部跳舞呢！我高中畢業後就沒參加過舞會。凱茜會來我這兒，要求做一件專為參加舞會的禮服。有時她帶女兒過來——噢，真是漂亮乖巧的小女孩，規規矩矩的。我永遠記得凱茜第一次帶她們來的時候，她對我說：『請允許我介紹這幾位——奈斯利家的漂亮女孩。』等我開口說『噢，她們真是太可愛』時，她說：『不，那是學校裡的人對她們的形容，在漢斯頓，我們說：奈斯利家的漂亮女孩。』嗳，我一直很疑惑那是什麼感覺，被稱作『奈斯利家的漂亮女孩』？不過有一次，」母親的語氣開始變得急促：「我逮到她們其中一人和其他姐妹竊竊私語，說我們家有股怪味道——」

「媽，她們只是小朋友，」我說：「小孩都會覺得處處有怪味道。」

母親摘下眼鏡，朝鏡片輕吹了一口氣，用裙子當眼鏡布把它們擦乾淨。我覺得那一刻她的臉卸去了所有防備，我盯著那張毫無掩飾的面孔，無法把目光移開。「後來有一天，你知道，時代變了。大家認為六〇年代的人都頭腦不清楚，但那其實是到七〇年代才開始的。」她重新戴上眼鏡，又恢復成原來帶著防備的臉，繼續說：「或許也是過了很久，變革才深入到我們這片畜牧地。總之有一天，凱茜上門來，一臉傻笑，舉止反常——就是你知道的，一副少女的模樣。當時你已經離家，去——」母親舉起手臂，擺動手指，她沒有說「上學」，也沒有說「上大學」，因此我也沒有說出那幾個字。她又繼續說：「凱茜喜歡上一個她認識的人，對此我心知肚明，雖然她沒有公開那麼講，但我未卜先知——簡直可以說是『天啟』……所以當我坐在那兒看著她時，那畫面自動出現在我眼前，我心想：噢喲，凱茜有麻煩了。」

「結果的確如此。」我說。

「沒錯，結果的確如此。」

凱茜．奈斯利愛上她女兒的老師——此時那三個孩子都已經上高中——她開始與這男人幽會。後來凱茜告訴她先生，她必須更徹底地實現自我，可是束縛在家庭的牢籠中，她很難伸展。最後她搬出去了，丟下先生、女兒，還有她的房子。直到她打電話向我母親哭訴，母親才知道這件事。她開車去找凱茜，去到她租的小公寓，她看到她坐在懶骨頭沙發裡，比以前瘦了許多。她向我母親承認，她墜入了愛河，可是一搬出來，那傢伙就甩了她，說無法繼續維持他們以前的關係。故事講到這裡，母親揚起眉毛，彷彿這件事的疑團雖大，但並未令她覺得不對勁。「總之，她的先生怒不可遏，覺得很丟臉，不肯重新接納她。」

她的先生並沒有重新接納她，甚至一連十餘年不跟她講話。

大女兒琳達高中剛畢業就嫁了人，凱茜邀請我父母去參加婚禮，母親推測這是因為凱茜在婚禮上遇不到會和她講話的人。「那女孩這麼快就結婚了，」母親說話速度變得急促起來，「大家都以為她懷孕了，但我怎麼也沒聽說有孩子出生，一年後她離婚，去了伯洛伊特，假如我沒搞錯的話，她是想找個有錢的丈夫，印象中聽說她找到了。」母親講，在婚禮上，凱茜一刻不停地滿場飛，緊張得要命。「看了教人難過。當然我們不了解一個人的內心，但很明顯她要利用我們充場面。我們坐在椅子上——我記得那地方有一面牆，你知道，那是鄉村俱樂部，漢斯頓那個可笑、豪華的場所，他們掛了印第安人的箭頭，用玻璃框罩起來，為什麼要那樣我不懂，誰會對那些箭頭感興趣？凱茜會試圖和某人攀談，然後立刻回來找我們。不過就連琳達，這個盛裝打扮、一身雪白婚紗的女孩——對了，凱茜沒有請我為這女孩縫製婚紗，是女孩自己去外面店裡買的——我要說，就連這個當新娘的女孩，也幾乎對她母親不理不睬。凱茜就這樣住在離她丈夫——現在是前夫了，幾哩遠的小屋裡，住了將近十五年。始終一個人。幾個女兒一直忠實地站在父親一邊，想到這點，我很驚訝他們竟然允許她參加婚禮。不過話說回來，她先生始終沒有再婚。」

「他應該重新接納她才對。」我說著，眼中含著淚水。

「我猜他的自尊心受了傷。」母親聳聳肩。

「哎，他現在一個人，凱茜也是一個人，他們總有離開人世的一天。」

「沒錯。」母親說。

那天我的心情煩亂起來，為了凱茜．奈斯利的命運，為了母親就坐在我的床尾聊這件事。至少我記得的是那樣。我確定有告訴她，確定自己如鯁在喉、雙眼灼熱地對她說：「凱茜的丈夫應該重新接納她才對。」我十分肯定我說了，「他會後悔的。相信我，他會。」

母親接了我的話：「我懷疑後悔的那個人，是凱茜。」

但也許，那不是母親說的。

4

我十一歲以前，我們住在一個車庫裡，那車庫是我叔公的，他就住在隔壁的房子。車庫裡只有一個臨時水槽，流出細小的冷水；釘在牆上的隔熱材料裡含有一種像粉紅棉花糖的填充物，但我們知道那是玻璃纖維，會割傷人的。我對這件事感到困惑，所以時常盯著它，想這如此粉豔的東西我卻不能碰，苦思那為什麼叫做「玻璃」。如今想來覺得不可思議，這個疑團竟然耗費了我許多絞盡腦汁的時間——那分分秒秒就在我們旁邊、粉豔而危險的玻璃纖維。

我和姐姐睡的是上下鋪的帆布床，兩層之間是用金屬杆支撐著；我的父母則睡在一扇窗戶下，窗外是遼闊的玉米田；而哥哥也有張帆布床，是在另一端的角落。夜裡，我能聽見小冰箱嗡嗡的噪音，那聲音總是時響時歇。有些晚上，月光從窗戶照進來，有時候則是一團漆黑。冬天時，屋裡冷得不得了，我時常凍得睡不著，有時母親會把在爐子上燒熱的水，灌到紅色橡膠熱水袋裡，讓我貼著它睡。

叔公過世後，我們搬進了那棟房子，有了熱水和抽水馬桶，只是冬天時屋裡非常冷。從小到大，我就討厭受凍，其實，我們日後所走的路，很多都是起因於小時候的經歷，只是我們很少能清楚意識到，或準確地把它們指出來——但是一想起當時為何放學遲遲不回家，我心裡倒是有點底：因為學校裡很暖和，我就一直在學校逗留。而學校警衛也總是帶著和藹的表情，默默地頭一點，就准我走進一間暖氣還在嘶嘶作響的教室，待在裡頭寫作業。在留校期間，我經常聽見微弱的回聲，來自體育館裡啦啦隊的訓練，或籃球的彈跳，或可能是音樂教室裡樂隊的排練，但我總是一個人待在教室，暖和地待著——也就是在那時候，我明白了，功課只要埋頭去做，便可完成。這是我從家庭作業所領悟到的道理，但若是在家寫功課，就無法明白這些。通常我在寫完家庭作業後，就會接著看書，一直看到非得離開學校的時間不可。

我們的小學規模不大，沒有圖書館，但教室裡有書，可以帶回家讀。上三年級時，我讀了一本書，因此產生寫書的渴望。這本書講兩個女孩，她們有一位慈愛的母親，夏天時她們三人去另外一座小鎮度假，幸福又快樂。然而在這座小鎮上，有個叫蒂莉的女孩——蒂莉！——她古怪、不討人喜歡，因為她又髒又窮，兩個女孩不願和蒂莉做朋友，但那位慈愛的母親叫她們要善待她。那本書裡我所記得的就是這個：蒂莉。

老師看出我愛好閱讀，她給我的書，甚至是成年人的書，我都讀完了。後來上了高中，寫完家庭作業後，在暖和的學校裡，我依然閱覽群書。這些書給了我實實在在的東西——這是我想說的重點，它們使我覺得不那麼孤單。於是我想：我要從事寫作，人們將不會覺得如此孤單！（可這是我的祕密。即使在與先生認識時，我也沒有立刻告訴他。我知道不能只關注自己想做的事，但我確實又這麼做了。在心裡，我的確只關注自己的事，而且是相當在乎！我知道自己注定當個作家，卻不知道那會有多艱難，不過誰都不知道，而知道了也無關緊要。）

由於我在暖和的教室裡所待的時光；由於我的閱讀量；由於我

明白假如不放過任何一道題的話，就能將所有的學習融會貫通起來——由於這幾點，我的成績得到全優。高三時，輔導員把我叫到她的辦公室，說芝加哥近郊有一所大學願意錄取我，費用全包。我的父母對這件事沒有什麼意見，大概是因為顧及哥哥和姐姐，他們沒有全優或能稱得上出色的成績；他們誰也沒有繼續升學。

後來是輔導員在一個炙熱的日子，開車載我去那所大學。啊！我噤聲屏息，心裡立即愛上了那個地方！那裡給我的感覺廣闊極了，到處是樓房，我的眼睛根本望不到那座湖的邊緣，人們四處漫步，進出教室。我感到惶恐，但更多是興奮。我迅速學會效仿他人，努力不讓自己在流行文化知識上的空白暴露出來，可是光在這方面來說，這不容易辦到。

我記得這樣一段往事：回家過感恩節時，當晚我無法入睡，原因是害怕夢見在大學的生活，然後醒來時，發現自己依然置身在這間屋子裡，甚至是永遠困在這屋子裡。這對我來說幾乎是無法忍受的。絕對無法接受。我不停這樣想著，想了許久，直到睡著為止。

在大學附近，我找了一份打工，我的衣服是在廉價舊貨店買的，那是七〇年代，那樣的衣服即使家境不算窮的人也會買。就我所知，沒有人議論我的穿著，但有一次，在認識我先生以前，我深深愛上一位教授，我們有過短暫的戀情。他是個藝術家，我喜歡他的作品，雖然明白自己看不懂，但我愛的是他，是他的嚴苛、他的才智、他的覺悟，而且體認到假如他要過理想中的生活，就必須棄絕某些東西——像是孩子，放棄有孩子。不過現在我記下這一段的目的只有一個：他是我自少女時代以來，記憶中唯一提起過我穿著的人，而且提起時還將我跟他系裡的一位女教授做比較。那位女教授衣著昂貴，肩膀厚實、有著粗腰，但我不是。

他說：「你底子好，但愛琳更有氣質。」

我說：「可氣質和底子是同一件事。」

我當時還不知道真有這樣的事，這話只是有天上莎士比亞課時所寫下的，它出自那位教莎士比亞的教授之口，我覺得聽起來有道理。那位藝術家回道：「要是這樣的話，愛琳的底子更好。」我有點替他難為情，他竟會認為我沒有氣質，因為身上穿的衣服代表了我。其實，就算我在二手店買了更特別的衣服，我也沒想過這會有任何含義，因為只有膚淺的人才會對此認真評斷。

後來又有一天，他問起：「你喜歡這件襯衫嗎？這件襯衫是有一次我在紐約時，在布魯明黛百貨公司買的。每次穿上時我都不敢相信這個事實。」

我再度感到難為情。他似乎認為這有關係，而我一向以為他應該比大多數的人更有內涵、更高明——他可是一位藝術家！（我非常愛他！）他應該也是我記憶中第一個打探我社會階層的人，雖然在當時，我大概連怎麼把那訴諸語言也不知道。他會開車載著我在住宅區到處轉，然後說：「你家住的是那樣的房子嗎？」他所指的房子沒有一棟是我熟悉的模樣，那些房子不大，可就是一點都不像我小時候所住的車庫（我把那講給他聽過），也不像我叔公的房子。我不覺得住車庫可憐，起碼沒有那種我認為會讓他覺得我可憐的地方，可是他似乎認為我該覺得可憐。然而，我還是愛他。他問我從小到大，我們吃什麼。我沒有說「主要是糖蜜塗麵包」，而是說「我們常吃烤豆子」。他說：「吃完後你們幹什麼，大家聚在一起放屁嗎？」那一刻，我意識到，我永遠不可能嫁給他。說來滑稽，一件事竟能使你得出那樣的領悟。一個人可以願意放棄自己向來想要的孩子，可以願意頂得住這個人對自己的過去或衣著的指點，但結果只憑著一句微不足道的話，就讓我整個人洩了氣，只說得出一聲：「唉。」

在這之後，我認識了不少朋友，他們的說法都一樣，而且總有那麼一句發人深省之語。我的意思是，這不只是一個女人的經歷，而是發生在我們許多人身上，假如我們有幸耳聞那不起眼之語，並注意到的話。

回想起來，那時的我十分乖僻，講話又大聲，但有時聊到有關流行文化的主題卻一言不發；我想，是因為我對自己沒見識過的尋常幽默反應怪異；我大概根本不懂反諷的概念，因為那教人不解。我和我先生威廉第一次見面時，很意外地感覺到，他的確能讀懂我的一些心思。他是我大二時生物學教授的實驗室助理，對世事有自己獨到的見解。威廉是麻州人，他父親是德國戰犯，被發配到緬因州的馬鈴薯地勞動。他們經常餓得半死，在這種情形下，這個男人贏得了一位農場主人妻子的芳心，戰爭結束返回德國後，他思念她，寫信給她，告訴她自己厭惡德國和德國人犯下的一切。後來，他回到緬因州，跟這位農場主人的妻子私奔，他們去了麻州，他在那兒進修，成為土木工程師。他們的婚姻，自然讓那位妻子付出不小的代價。我丈夫有著德國人金髮碧眼的長相，與我從他父親照片中所見到的一樣。威廉從小到大，他父親以說德語居多，不過在他十四歲時便去世了。威廉的父親和母親之間沒有書信留下，他的父親是否真的厭惡德國，我無從得知，只知道威廉相信那是真的，因此許多年來我也相信有那麼回事。

威廉後來逃離了寡母的索求無度，到中西部上學，但我認識他時，他正渴盼一有機會就回東部。儘管如此，他還是想見一見我的父母。他是這樣打算的：我們一起去阿姆加什，他會跟他們說我們準備結婚，然後搬去紐約，那裡有間大學安排了一個博士後的職位給他。事實上，我沒想過要擔心，沒有對家裡人置之不理的念頭。我處於熱戀中，生活正向前邁進，那感覺順理成章。我們開車經過一大片大豆田和玉米田，那是六月初，一邊是大豆，青翠欲滴，美得使那從遠向近傾斜的田野晶瑩透亮，另一邊是玉米，還沒有我的膝蓋高，碧油油的綠色將在未來幾週裡轉深，眼前柔軟的葉片，之後都會變得堅硬起來（我年少時的玉米呀，你們是我的朋友！我想起自己孩提時的模樣，獨自一人在田壟間跑啊跑，在夏日裡用獨特的奔跑方式，跑向矗立在玉米田中間的那棵光禿禿的樹）。在我的記憶裡，我們駛過那片玉米田時天是灰色的，天幕像要升起——不是放晴，而是升起——那感覺相當美妙，看著天幕升起、天色漸亮時，灰暗中帶有一丁點藍，樹上的綠葉繁茂，感覺很美。

我記得先生說，他沒料到我家的房子這麼小。

我們沒在老家待滿一整天。父親穿著他機修工的工作服，瞧了威廉一眼，兩人握手時，我看見父親的臉嚴重扭曲，那種扭曲往往是我小時候暗自稱之為「那件事」的序曲，表示我的父親開始變得坐立不安、無法自控。我不太確定的是，似乎在那之後，他就沒再瞧過威廉一眼。當威廉主動想請我爸媽和哥哥姐姐去鎮上吃飯，地點由他們選。在他講出那番話時，我的臉感覺像太陽般火熱，因為我們一家人從未在餐館吃過飯。父親告訴他：「你的錢在這裡派不上用場。」威廉用困惑的表情看著我，我輕輕搖了搖頭，咕噥著說我們該走了。後來母親出來，走到正獨自站在車旁的我面前說：「你父親和德國人有深仇大恨。你應該事先告訴我們才對。」

「告訴你們？」

「你知道你爸參加過戰爭，幾個德國人差點要他的命。從他見到威廉的那刻起，他一直很不好受。」

「我知道爸爸參加過戰爭，」我說：「可是他一個字也沒有講過。」

「在對待戰爭經歷的問題上，有兩種人，」我的母親說：「一種人是把它講出來，另一種人是不講。你的父親屬於不講的那一類。」

「為什麼？」

「因為講出來有失體面。」我母親說完又接著加了一句：「老天，到底是誰撫養你長大的？」

直到很多年以後，我才從哥哥口中得知，當年父親在德國一座小鎮碰見兩個青年，他們嚇了他一跳，他立刻從背後朝他們開槍，他知道他們不是士兵，穿得也不像士兵，但還是開了槍。當他用腳把其中一人踢翻過來時，發現他好年輕。哥哥告訴我，對父親而言，威廉就好像是這個人長大後的翻版，一個回來奚落他的年輕人，要帶走他的女兒。父親殺害了兩個德國少年，臨終前，他告訴我哥哥，自己沒有一天不想起他們，甚至認為他本來該用自己的性命作為交換。父親在戰爭中還遭遇了什麼，我不清楚，只知道他參加了突出部之役，也在許特根森林待過，這兩處皆是戰況最慘烈的地方。

終究，我的家人既沒參加我的婚禮，也毫無表示，但第一個女兒出生時，我從紐約打電話給爸媽，母親說她夢到了，所以早就知道我生了個女孩，可她不知道名字，她似乎對克莉絲蒂娜這個名字很滿意。此後，我會在他們生日和逢年過節時打電話過去，也在另一個女兒貝卡出生之時跟他們聯絡。我們總是客氣地交談，但每次都感覺很彆扭，後來我再也沒見過家裡任何人——直到那天，母親現身在醫院我的病床尾端，窗外是亮著燈的克萊斯勒大廈。

5

黑暗中，我悄悄問母親，她是不是醒著。

是啊，她回答。聲音很輕。儘管只有我們兩人在這間看得到亮著燈的克萊斯勒大廈的病房裡，但我們仍舊竊竊私語，彷彿會驚擾到誰似的。

「你覺得，凱西愛上的那個傢伙，為什麼在她一離開丈夫，就說不能和她繼續走下去？他是害怕了嗎？」

過了片刻，母親說：「我不知道。但凱西告訴我，他跟她承認自己是同性戀。」

「同志？」我坐起身，看著在床尾的她。「他告訴她，他是同志？」

「那是你們今天的叫法。我們那時候說『同性戀』。他講的是『同性戀』，或者說，凱茜是這麼講的。我不知道誰講的『同性戀』。反正他是。」

「媽……呵，媽，你是在逗我笑嗎？」我能聽見她自己也笑了起來，可她說：「可憐蟲，我實在不知道有什麼這麼好笑。」

「你啊。」我笑得流出眼淚。「這個故事啊。那真是一個悲慘的故事！」

她還是繼續笑著，那是一種壓抑卻急促的笑聲，與她白天講話時的語氣一樣，她說：「我搞不懂那有什麼好笑的，為了一個喜歡男人的同志，離開自己的丈夫，事後才發現真相，你原本還以為將擁有一個完整的男人。」

「笑死我了，媽。」我又躺了下來。

母親若有所思地說：「我有時想，也許他不是同志。是凱茜嚇壞他了：為了他而拋下自己的生活。那也許是他編造出來的。」

我思索這個說法，回答她：「我不知道，以當時來說，一個男人是否會把那種事編造在自己身上。」

「噢，」她說：「噢，我猜真的有。老實講，我並不了解凱茜的情人。不知道他是否還住在那一帶，我對他一無所知。」

「可他們有『做』嗎？」

「我不知道，」她回答：「我怎麼會知道？做什麼？行房？天哪，我怎麼可能知道？」

「他們一定行過房，」我說，因為覺得說出那個字很好笑，也因為我相信這是事實。「你不會為了一時的迷戀而遺棄三個女兒和丈夫。」

「也許會。」

「好吧。也許會。」既然如此，我問：「凱茜的丈夫——奈斯利先生真的從此沒和任何人好過嗎？」

「是『前夫』。他立刻就和她離婚。總之，我相信沒有。似乎沒有跡象表明有，不過說起來有誰會知道呢？」

也許是黑暗的緣故，只有那道從門縫透進來的慘澹光線，還有緊鄰我們屋外宏偉的克萊斯勒大廈的點點燈火，才讓我們可以用從未有過的方式交談。

「人啊。」我說。

「人啊。」母親說。

我很開心。啊，真的開心，能和母親這樣交談！

6

以前——如我先前所言，那是八〇年代中期，那時威廉和我住在西村，離河不遠的一間小公寓。大樓沒有電梯（這是個問題，因為有兩個年幼的小孩），也沒有洗衣間，而且我們還有一條狗。我會把小的孩子用背帶背在身上（在她沒長得太大之前），牽著狗走，踉蹌地彎腰，把牠的大便撿進塑膠袋裡，順應告示牌的要求：**請及時清理您狗狗的糞便**。每次，我總要朝大女兒高喊，叫她等我，別走下人行道。「等等，你等一等！」

我有兩個朋友，我對其中一位傑瑞米有點心動。他住在我們那棟樓的頂樓，幾乎與我父親同齡。他原籍法國，貴族出身，年輕的時候就放棄一切來到美國，從頭開始。「那時候，各式各樣的人都想來紐約，」他告訴我：「這是大家嚮往的地方。我猜現在仍是。」傑瑞米在活了半輩子後，決定當一名精神分析師，我認識他時，他尚有幾個病人，但不肯跟我講述那是怎樣的過程。他有個診所，在新學院對面，每個禮拜去三次。我會在街上與他擦肩而過，看見他又高又瘦、黑頭髮、穿著深色西裝，還有那深沉的面孔，總是令我心跳加速。「傑瑞米！」我跟他打招呼，他會微笑著，舉起帽子，動作文雅、老派、歐式——這是我眼裡看到的形象。

他的公寓，我只去過一次，是在我被反鎖門外、必須等管理員前來處理的時候。傑瑞米發現我坐在樓前的門階上，帶著那條狗及兩個孩子，我那時急得發狂，於是他請我進屋。我們一踏進他的住處，孩子們就立刻安靜下來，變得十分規矩，彷彿知道那地方以前沒有過小孩，事實上，我也從未見過孩子走進傑瑞米的公寓，只有見過一兩位男士，或有時是一位女士進去。那間公寓乾淨簡樸：一株紫色的鳶尾花，插在一個玻璃花瓶裡，背景是一面白牆，好幾面牆上掛著畫，這讓我明白他與我的距離有多遠。我這麼說是因為不懂那些畫；那些作品顏色深暗、形狀拉長，像極了抽象的構造，但也不完全是，而我唯一明白的是，它們象徵了一個我怎麼也不可能明白的奧妙世界。傑瑞米對我們一家人待在他住處感到不自在，我察覺得出來，可他是個不折不扣的紳士，這就是我如此愛他的原因。

有關傑瑞米的三件事：

一天，我正站在我們這幢樓的門階上，他從大門走出來時，我說：「傑瑞米，有時我站在這裡，無法相信自己真的身在紐約市。我站在這裡心想，究竟有誰會猜得到呢？我啊，居然就住在紐約市。」

他的臉上閃過一絲表情——如此飛快，如此不由自主——那是一個由衷嫌惡的表情。我那時還不知道，城裡人對道地鄉下人的厭惡有多深。有關傑瑞米的第二件事：剛搬到紐約後，我發表第一個短篇故事，接著過了一陣子，第二個短篇也發表了。有天在臺階上，克麗茜把這事告訴傑瑞米：「媽咪有篇故事登在雜誌上！」他轉身看我，凝神看著，讓我不得不把視線轉開。「沒啦，沒啦，」我說：「只是一本無聊、不起眼、完全不值一提的文學雜誌。」他說：「原來——你是作家。你是搞藝術的，我和藝術家共事，我懂。我猜得沒錯，我一直知道你有那天賦。」

我搖搖頭。想起大學時的那位藝術家，他對自己的認識，以及堅決不要小孩的能耐。

這時，傑瑞米在門階上、我的旁邊坐下。「藝術家與其他人不同。」

「不，他們沒有不同。」我的臉馬上漲紅。我向來與人不同，根本不想再有任何的不同！

「可他們確實不一樣。」他拍拍我的膝蓋：「你一定是個毫不留情的人，露西。」

克麗茜蹦上跳下，她說：「那是個悲傷的故事，我還看不懂——只懂一些字，但那是個悲傷的故事。」

「我可以拜讀嗎？」傑瑞米向我提出這個請求。

我說不行。

我告訴他，假如他不喜歡的話，我會承受不起。他點頭說：「好吧，我不會再問。可是，露西，我們聊得很多，我想像不出來你寫的東西會是我不喜歡的。」

我清楚記得他說「毫不留情」。他不像是毫不留情的人，我認為我也不是，或不可能是「毫不留情」的人。我愛他；他溫文儒雅。

他教我要毫不留情。

有關傑瑞米的還有一件事：愛滋病流行是新聞。有時會看到走在街上的男人枯瘦憔悴，看得出他們罹患了這突如其來、近似天譴般的疫病。一天，和傑瑞米坐在門階上，我說了一些令自己驚訝的話。就在兩個這樣的男人慢慢走過後，我說：「我知道這很令人討厭，但我簡直嫉妒他們，他們互相陪伴，在一個名副其實的團體中攜手相依。」當時他看著我，臉上帶著真心實意的友善，現在我意識到，他看出了我沒看出的東西：就是縱然我的生活踏實，但我孤單寂寞。孤單，是我人生中最先嘗到的滋味，始終揮之不去，藏在嘴巴的縫隙裡，隨時喚起我的回憶。我想，他就是在那天發現了這點，但他很友善，只說了個「是」。他本來可以輕易地說「你瘋了嗎，他們是快要死的人」，可是他沒有，因為他理解我身上的那份孤單。這是我一廂情願的想法。這是我的想法。

7

在一家紐約馳名的時裝店裡——那種私人經營、和雀爾喜的畫廊有幾分相像的一處場所，我碰見了一位後來對我影響重大的婦女，她也許是我寫下這本書的緣由，但我不完全了解真正的原因。

那已是好多年前的事了，當時女兒大概十一、二歲。不管怎樣，我在這家時裝店看見這位婦女，我敢肯定她沒看見我。她一副沒什麼頭腦的樣子，可以說今天你很難再見到這樣的女人，然而她卻因此顯得嫵媚動人，這樣的特質與她相得益彰。她的年紀，在我看來應是接近五十。她有許多迷人之處，打扮時髦，而頭髮（那顏色，我們以前稱為煙灰色）造型做得很好——我的意思是，我知道那顏色不是拿瓶染髮劑擠在上面的，而是由一位經過培訓、在髮廊工作的人親手染的。不過真正吸引我的是她的臉。她的臉，我在試穿一件黑夾克時從鏡子裡盯著不放，最後我說：「你覺得這好看嗎？」她表情詫異，彷彿沒料到有人會徵詢她對衣服的意見。「啊，我不是這裡的工作人員，抱歉。」她說。我告訴她，我明白，我只是想聽聽她的意見；我告訴她，我喜歡她的打扮。

「噢，真的？你真的喜歡？哎呀，謝謝，哇、嗯，可以，當然沒問題。」她顯然看見了我想徵詢她意見的那件夾克，她說：「不錯，那確實不錯，你打算配那條裙子嗎？」我們討論那條裙子，以及我有沒有更長的裙子，說不定——以她的說法——我可能「想穿有跟的鞋子，讓自己看起來會更有活力」。

她的人和她的臉一樣美，我想我愛紐約，正是因為它賜予人無窮無盡的邂逅。或許我也看出了她心中的悲傷，這是我回家以後、腦中浮現過她的臉所感悟到的——那大概是某些你在當下發現而未意識到的東西。當時她笑容滿面，使她的臉神采奕奕。她擁有會讓男人傾心的女性化姿容。

我說：「你是做什麼的？」

「工作嗎？」

「對啊，」我說：「你的樣子一看就像從事某些有趣的工作。你是演員嗎？」我把那件夾克掛回衣架上，因為沒有錢買這類東西。

噢不，她說完接著又說（我保證我看見她紅了臉）：「我只是個寫作的。僅此而已。」她似乎覺得還是坦白得好，以前可能被人拆穿過，我察覺了這點。不過，「只是個寫作的」也可能是她對自身職業的真實想法。我問寫些什麼，她的臉立刻清清楚楚地漲紅了，揮揮手說：「哎，你知道的，書啊，小說啊，諸如此類，無足輕重，真的。」

這時，我決定非問出她的名字不可，但又察覺到，我令她尷尬不已。她一口氣說出「薩拉．佩恩」時，我不想引起尷尬，於是為她的建議向她致謝，她似乎也鬆了一口氣。我們後來聊到去哪裡買鞋最好，因為她穿著一雙黑色漆皮高跟鞋，我想這話題應該會讓她心情愉快。後來我們互相道別，也像一般人跟對方說了「真高興認識你」之類的話。

等回到我們住的公寓（那時已經搬到布魯克林），在孩子們跑來跑去，嚷著要找吹風機、或已送洗的上衣時，我從頭到尾看了一遍我們的書架，發現薩拉·佩恩和封面照片裡的她只有一點點像，原來，我讀過她的書。而且我記得在一次聚會上，有個認識她的男人，一談起她的作品直說寫得不錯，可是覺得她心太軟了，這點令他反感。在他看來，這特性也削弱了她的作品。不過，我喜歡她的書，我喜歡試圖告訴你某些實情的作者。我喜歡她的作品，也因為她在一片衰敗的蘋果園長大，那是位於新罕布夏州的一座小鎮，她寫了那個州的農村，寫了辛勤勞動、吃苦、卻也有好事降臨在他們身上的人。此外我認識到，就算在她的書裡，她也沒有確切地道出實情，她總是在迴避某些東西。哎，她連講出自己的名字都那麼為難！而我覺得我也能理解那一點。

8

在醫院的第二天上午——距離現在已經這麼多年——我告訴母親，會擔心她沒睡覺，她要我不必為她不睡覺而擔心，她這輩子已學會打盹的本領。接著又一次，開始用那稍顯迫不及待的語氣說了一堆話，她那壓抑的情感，似乎就在啟口之際湧上、衝破她的心房，那天上午，她不經意地談起童年，說小時候也一直靠著打盹維持睡眠。「你會在缺乏安全感的情況下學會的，」她說：「你能夠隨時端坐著打個盹兒。」

我對母親的童年所知甚少。某方面來說，我覺得這挺常見的，我意思是說在特定的層面來說。大家現今對族譜懷有極大的興趣，包含了姓名、地點、照片、法院紀錄等，可是我們怎麼查明一個人的日常生活？我的祖先是清教徒，他們向來不透過談話取樂，不像我見過的其他教派那樣。但那天上午在醫院，母親講起有幾年夏天她住在一座農場的事，顯得很開心。這件事她以前講過。無論出於何種原因，母親童年時的夏天多半在她姨媽西莉亞的農場度過，那位姨媽，如今我只記得她瘦瘦的、面色蒼白，我和兄姐都喊她「犀牛姨婆」。至少在我腦中，一直覺得她就叫做那個名字，但「犀牛姨婆」實在令我不解，因為小孩不會引申思考，我不懂她為什麼要取一個我從未見過的動物名字。她嫁給羅伊姨公，就我所知，他人非常好。母親的表妹哈莉特，是他們唯一的孩子，只有她的名字，是我少年時代一直斷斷續續聽人提起的。

「我記得有天早晨，」母親用她輕柔、迫切的聲音說：「噢，我們應該還很小，我大概五歲吧，哈莉特三歲，我記得我們決定幫西莉亞姨媽摘除長在穀倉旁的檸檬百合的枯花。但哈莉特只是個小不點，她以為大的花蕾是要摘除的枯花，於是就啪啪摘下那些花蕾，這時西莉亞姨媽正好走出來。」

「犀牛姨媽是不是大怒？」我問。

「沒有，我不記得有。但生氣的是我，」母親說：「我努力教過她分辨哪個是花蕾，哪個不是。真是笨小孩。」

「我不知道哈莉特笨，你沒說過她笨。」

「好吧，她也許不笨。她可能的確不笨，可什麼都怕，她好怕閃電，會躲到床底下小小聲地哭。」母親說：「我搞不懂，她也很怕蛇。實在是個傻女孩，真的。」

「媽，拜託，請別再講那個詞。」我做出想要坐起、抬起雙腳的動作。即使現在，只要聽見那個詞，我總覺得必須從看得見牠們的地方提起雙腳。

「別再講哪個詞？『蛇』嗎？」

「媽。」

「看在老天的分上，我沒——算了，算了。」她一揮手，肩膀微微一聳，轉身望向窗外。「我老是覺得你像哈莉特，」她說：「你那莫名其妙的恐懼，還有同情身邊出現的阿狗阿貓的本事。」

即使現在，我仍不知道自己同情過哪個阿狗阿貓，或他們何時出現過。「我想聽下去。」我說。我想再聽到她的聲音，那異樣、迫切的聲音。

這時，外號「牙疼」的那位護士走進病房，她給我量了體溫，但沒有像「甜心餅乾」那樣發呆。「牙疼」則是仔細看著我，然後看了看體溫計告訴我，熱度和前一天一樣。她問母親是否有任何需要，母親快速搖頭。「牙疼」佇立了片刻，愁苦的臉上似乎茫然若失。接著她量了我的血壓，血壓一直很正常，那天上午也一樣正常。「好了，就這樣。」她說完，我和母親都向她道謝。她在我的病歷上寫了幾條東西，到門口時，她轉身說，醫生馬上就來。

「那位醫生人似乎不錯，」母親對著窗戶說：「他昨晚來過。」

「牙疼」離開前回頭瞥了我一眼。

一會兒後，我說：「媽，再繼續講哈莉特的事給我聽。」

「哎，你知道哈莉特後來怎樣了嗎？」我母親把注意力轉回病房，回到我身上。

「但你一直是喜歡她的，對嗎？」

「噢，當然啦——哈莉特有什麼不討人喜歡的地方嗎？她的婚姻真是有夠不幸的。嫁了一個老家和她相隔幾座小鎮的男人，是跳舞時認識的，是一次在穀倉舉行的方塊舞舞會，我想。大家都替她高興。但是你知道，就算那是她風華最盛之時，她也沒有多少吸引人的姿色。」

「她哪裡不對？」我問。

「沒有哪裡不對。她老是一副煩躁的模樣，就連在少女時期也一樣。還有幾顆齙牙，也抽煙，那讓她有口臭。不過她性情溫柔，她確實如此，對誰都沒有一點惡意。她生了兩個孩子，艾貝爾和多蒂——」

「啊，我小時候好喜歡艾貝爾啊。」我說。

「嗯，從小到大，艾貝爾真是個出色的孩子。真不可思議，到底是怎麼發生的？就像是一棵樹憑空就成長茁壯起來，變成那樣的他。總之，有一天，哈莉特的丈夫出去替她買煙，結果——」

「沒有再回來。」我把話接完。

「沒錯，他沒有再回來。嗯，真的沒再回來。他在街上倒地猝死，哈莉特千辛萬苦，努力不讓州政府把孩子帶走。他什麼也沒留下，可憐的女人，我肯定他沒料到自己會這麼死了。那時，他們住在羅克福德——你知道，離我們一個多小時車程——她繼續留在那裡，我不懂為什麼。我們一搬進那間屋子之後，每年夏天，她會送小孩到我們家來住幾個星期。哎，孩子們的神情好憂傷啊。我總會設法給多蒂做一件新洋裝，讓她帶回家穿。」

我還記得艾貝爾．布萊恩，他的褲子太短，不及腳踝；我記得我們去鎮上時，有小孩嘲笑他，他總是面帶微笑，彷彿渾然不當回事。我也記得他的牙齒不齊，有蛀牙，但除此以外，他相貌英俊，也許他知道自己長得英俊。在我看來，說真的，他的心地好極了。他是唯一教我從查特溫蛋糕鋪後面垃圾桶找食物的人。與眾不同的是，當他站在垃圾桶裡，把包裝盒紛紛扔向一旁，直至尋獲要找的東西——過期數日的蛋糕、小圓麵包、糕點，他也不會表現出偷偷摸摸的樣子。多蒂或我的哥哥姐姐從不跟我們一起，我不知道他們人在哪裡。到阿姆加什作客幾次後，艾貝爾不再來了，他在他家附近的戲院打工，當帶位人員。他寄過一封信給我，裡面夾著一本小冊子，有著戲院大廳的圖片——那真是美極了，我記得，五顏六色的花磚，富麗堂皇。

「艾貝爾轉運了。」母親告訴我。

「再說一次給我聽吧。」

「他娶到一位上司的女兒，看他的情形，我猜是老闆的千金。他住在芝加哥，好多年了，」她說：「他太太架子大得很，不願與可憐的多蒂有任何瓜葛——多蒂的丈夫跟別人跑了，已經好幾年了。這男人是從東部來的，你知道的。」

「不知道。」

「喔。」母親嘆了口氣：「他來自這邊東海岸的某個地方——」她朝窗戶微微甩頭，彷彿是想指出，這裡就是多蒂丈夫的故鄉所在。「說不定，他以為自己比多蒂優越一些……可憐蟲，你怎麼過得了沒有天空的生活？」

「有天空呀。」但我補充說：「不過我知道你的意思。」

「哎，你怎麼過得了沒有天空的生活？」

「可是有人啊……」我說：「算了，告訴我為什麼吧。」

「什麼為什麼？」

「多蒂的丈夫為什麼跑了？」

「我怎麼知道？噢，我也許真的知道。他在切除膽囊時，認識了當地醫院的某個女人。咦，和你的情況差不多嘛！」

「我？你認為我打算跟『甜心餅乾』或『嚴肅小孩』私奔嗎？」

「你總是搞不清人與人之間吸引彼此的是什麼。」母親回答：「但我想，他不會跟像『牙疼』那樣的人跑了。」她又側過頭，對著門的方向。「雖然他有可能跟一個女孩子跑了，我確信她可不是什麼正經嚴肅的類型，你懂我的意思——」她向前俯身低語：「就是膚色偏黑什麼的，你知道，比如印度人那樣——」

母親重新靠坐回椅子。「可我十分確定，那女人比多蒂年輕、妖媚。他把他們住的房子留給了多蒂，她將那裡改建為青年旅館，經營得不錯，就我所知。艾貝爾在芝加哥過得愜意許多，對可憐的哈莉特來說終究是莫大的安慰。嗯，我想她曾為多蒂擔心。哎唷，沒有哈莉特不擔心的人。但現在不用擔心了，我猜。她已去世好些年了。一天夜裡在睡夢中，就那樣沒了，走得算是安詳。」

我一邊聽著我母親的聲音，一邊打盹，時睡時醒。

我思索著：這就是我想要的全部。

可是原來我想要的不僅如此。我希望媽媽詢問我的生活，我想跟她說我現在過的生活。於是在不經大腦思考下，傻乎乎的我脫口說出：「媽，我有兩個短篇小說發表了。」她飛快而疑惑地看了我一眼，彷彿我說的是我長出了多餘的腳趾，接著她望向窗外，不發一語。「只是兩篇拙作，」我說：「在很不起眼的雜誌上。」她依然不說話。接著我說到女兒：「貝卡不會一覺到天亮，或許就是遺傳自你，她可能也會打盹吧。」我的母親繼續望著窗外。

「但我不希望她缺乏安全感，」我又說：「媽，你為什麼缺乏安全感？」

她閉上眼睛，彷彿這個問題本身可能令她打起瞌睡，但我相信她一分鐘也沒睡著。

過了一會兒，她睜開眼，我對她說：「我有個朋友，叫傑瑞米，他以前住在法國，有些貴族血統。」

母親看了我一眼，然後眺望窗外，過了許久才說話：「他自己這麼講的。」我接話：「嗯，是他自己這麼說的。」我用抱歉的口吻，並設法讓她知道我們不必繼續再討論他，或我的生活。

就在這時候，我的醫生出現在門口。「兩位美女。」他說，並點頭致意。他先走過去和我母親握手，就和前一天一樣。「今天大家好嗎？」旋即他嗖一聲拉起我周圍的簾子，立刻把我們母女倆隔開了——我的醫生，我真愛他，原因很多，其中一個就是：他把查房變成我們兩個獨處的時光。我能聽見椅子的移動，我知道她離開了房間。醫生抓著我的手腕，測量脈搏，他每天重複這個動作，溫柔地掀開我的住院袍以檢查我的傷疤時，我會注視他的手——手指粗壯、可愛，純金的結婚戒指一閃一閃，他會輕輕按壓我傷疤周圍的區域，審視我的臉，看這樣疼不疼。他用挑眉毛的方式發問，我會搖搖頭。那個傷疤癒合良好。「癒合得很好。」他說，我接話，「嗯，我知道。」然後我們會互相微微笑了一下，因為那似乎別有含義——就像在說，致使我久病不癒的元凶不是那個傷疤；這微笑也表示我們承認某些事，這是我想說的。我一直記得這個男人，多年來，我用他的名字捐錢給那家醫院。當時我想到的，或現在我想到的，仍是這三個字：按手禮。

9

我想到了卡車。有時，我會記起那輛卡車，而它歷歷在目得讓我驚訝。留著一道道汙垢的車窗、遮篷式的擋風玻璃、儀表板上的塵埃、柴油、爛蘋果，還有狗的氣味。我不知道有多少次，我被關在那輛卡車裡，因為根本數不清了。

我不知道第一次是什麼時候，也不知道最後一次是什麼時候；那是在我年幼時，最後一次可能不滿五歲，因為那時還沒有全天待在學校裡。我還小的時候，總是被放在車裡，因為姐姐和哥哥都在上學——這是我現在的想法——而爸媽也都在上班。此外，我會被放在那兒還有個原因，就是被懲罰。在我的記憶裡，有夾了花生醬的蘇打餅乾，我不敢吃，因為心裡好害怕；我也記得曾用力捶打車窗玻璃，放聲尖叫。我沒有想過自己會死，現在想來，我的大腦一片空白，有的只是恐懼，因為意識到沒人會來，我望著天色轉暗，感覺寒意開始鑽入車內。每次我總是尖叫連連，哭到幾乎無法呼吸為止。

在紐約這座城市，我看見小朋友因疲累而哭，我知道那不是裝的；因為發脾氣而哭，那也絕不是裝的。但偶爾，看見小朋友在哭泣時帶著撕心裂肺的絕望，在我看來，那是小朋友能發出的最真實的一種聲音。那時，我簡直感覺自己能聽見身體內心臟破碎的聲音，就如同你可以在戶外聽到（當環境條件正合適時）玉米在我青春的田野裡生長一樣。我遇到過很多人，甚至來自中西部的人，他們告訴我不可能聽見玉米生長的聲音，但我認為他們錯了。你不可能聽見我的心碎聲，我知道是真的聽不見，但對我來說，這兩者不可分割，玉米生長的聲音和我心碎的聲音。我已走出乘坐的那節地鐵車廂，所以我不必聆聽一個小孩那樣地哭泣。

待在卡車裡的那些時光，我的思緒轉到很奇怪的地方。我以為看見一個人朝我走來，以為看見一隻怪獸；有一次還以為看見姐姐，隨後我會鎮定情緒，大聲對自己說：「沒事，親愛的，很快就會有個親切的阿姨過來。你是個乖巧懂事的女孩，你真是個乖女孩，她是媽咪的親戚，希望你去和她一起住，因為她孤單寂寞，想找一個乖巧的小女孩跟她一起住。」我會做起這樣的白日夢，讓我覺得確有其事，也使心情平靜。我幻想無須受凍，有乾淨的床單、乾淨的毛巾、一個能用的廁所和一間陽光充足的廚房，我就這樣讓自己進入天堂。而後，寒意會鑽進來，太陽會落下去，我的哭聲又會再起，先是嗚咽，而後哭得更加厲害。接著父親會出現，打開鎖住的車門，有時還會抱起我。「沒什麼好哭的。」他有時這麼說，我也能記起他溫暖的手張開、按在我頭上的感覺。

10

前一晚，那位溫柔又帶著憂傷的醫生，來檢查我的情況。「我有個病人，在另一層樓，」他說：「讓我瞧瞧你恢復得如何。」他和往常一樣，刷地拉起我周圍的簾子。他沒有用體溫計為我量體溫，而是把手貼在我的前額，然後伸手抓起我的手腕，測量我的脈搏。「好了，就這樣，」他說：「安心睡吧。」他把手攥成一個拳頭，親了一下，然後做出一個向空中揮拳的動作，同時刷地拉開簾子，離開了病房。這麼多年來，我愛著這個男人。不過，我已經說過了。

11

我住在西村這段時間裡，除了傑瑞米以外，唯一的朋友是一位高個子的瑞典女人，名叫莫拉；她至少比我大十歲，但孩子還很小。一天，她和孩子要去公園，路過我家門口時，和我聊起十分私人的事。她說，她母親待她不好，因此當她有了第一個寶寶時，她變得非常憂鬱，精神科醫生告訴她，她的悲傷緣於各種過去沒有從自己母親那兒得到的東西之類的。我沒有不相信她，但她的故事也沒有引起我興趣的地方。那是她的風格，直截了當地把事情傾吐出來，依我的經驗，那不是人們會談到的事。她對我其實不感興趣，這一點讓我鬆了口氣。

她喜歡我，對我態度很親切，也好為人師，教我應該怎麼抱小孩，應該怎麼帶孩子去公園，因此我也喜歡她。大多時候，她喜歡看電影，或某些國外的東西，當然她本身就是外國人。她提到的電影，我完全不知道她在講什麼，她應該是注意到了這一點，但還是禮貌地不說破。不過她也可能難以置信，每當談到伯格曼的電影、六〇年代的電視節目或是音樂時，我竟一臉茫然。就像先前所說的，我對流行文化一無所知。那時候，我幾乎尚未認識到自己這方面的缺陷。我先生了解我這方面的不足，若在場的話會設法幫我解圍，不讓別人知道我貧寒的童年，他也許會說：「噢，我太太從小到大電影看得不多，別放在心上。」或是：「我岳父岳母很嚴厲，從不允許她看電視。」

因為連窮人都有電視機，誰會相信我的故事呢？

12

「媽咪。」在母親到醫院看我的第二天晚上，我輕聲說。

「嗯？」

「你為什麼來這裡？」

出現一個停頓。她在椅子上挪動位置，而我則把頭轉向窗戶。

「是你先生打電話叫我來的。我想，他是希望有人來看你。」

很長一段時間，病房裡寂靜無聲，也許是十分鐘，也許將近一個小時，我實在不知道，但最後我說：「好吧，總之謝謝你。」她沒有應聲。

半夜，我從噩夢中驚醒，不記得夢見了什麼。她的聲音悄悄傳來，「小可憐蟲，睡吧。如果睡不著，那就閉目養神。要注意休息，寶貝。」

「你都沒睡覺啊。」我說著，試圖坐起身。「你每天晚上都沒闔一下眼，怎麼撐得下去呢？媽，已經兩個晚上了！」

「別為我擔心，」她又接著說：「我喜歡你的主治醫生。他隨時會來留意你的情況。那些住院醫師什麼也不懂，他們怎麼會懂？但這位不錯，他保證會讓你好起來。」

「我也喜歡他，」我說：「我挺愛他的。」

過了幾分鐘，她說：「很抱歉，你們從小到大，家裡真是太窮了。我知道那教人抬不起頭。」

黑暗中，我感覺自己的臉變得滾燙。「我覺得那無所謂。」

「那當然有所謂。」

「但現在我們都過得挺好。」

「我可不敢這麼肯定。」她沉吟地說出這話：「你哥人快到中年了，卻和豬睡在一起，看的是童書。還有薇姬——她對此仍耿耿於懷，上學時，同學取笑你們。你爸和我不曉得有這回事，但現在想來，我們應該知道才對。只是薇姬到現在仍舊滿腹怨恨。」

「怨恨你嗎？」

「嗯，我想是的。」

「這沒道理。」我說。

「不。做母親的理應保護她的孩子。」

過了一會兒，我說：「媽，這個世上有些孩子，他們的母親會把他們賣了，換取毒品。有些孩子，他們的母親離家出走好幾天，就那樣丟下他們不管。有些——」我打住了。我厭煩這些聽起來不真實的話。

她說：「孩子，你的個性和薇姬不同，和你哥也不同。你沒有那麼在乎別人的想法。」

「你怎麼說起那個話題來啊？」我問。

「喔，看看你現在的生活。你義無反顧地前行，而且……成功了。」

「我明白。」其實我不明白。所以，我們到底要怎麼認識自己的某些方面？「小時候我去上學時……」我仰躺在病床上，高樓大廈的燈火照進窗戶。「我會整天想念你。老師叫我回答問題時，我說不出話，因為嗓子裡堵了一塊東西。我不知道那持續了多久，但我真是太想念你，有時會跑進廁所哭。」

「你哥是嘔吐。」

我等了好一段時間。過了好久。

最後她說：「你哥哥上五年級以前，每天早上都會吐。我始終沒找出原因。」

「媽，」我說：「他看的什麼是童書？」

「講大草原上一個小女孩的那個，有一整套。他很愛那套書。他不是智力低下，你知道的。」

我把視線轉向窗戶。發光的克萊斯勒大廈，猶如燈塔，象徵著人類最宏大、最美好的希望，以及人類對美的嚮往和渴望。那是我想講給我母親聽的，有關我們看見的這座大樓。

我說：「有時我會想起那輛卡車。」

「卡車？」母親的聲音裡帶著吃驚。「我完全不知道什麼卡車。」她說：「你是指什麼，是你爸那輛很老的雪佛蘭卡車嗎？」

我想說——哦，該死，我想說：不是有一次，有條長得不得了的棕蛇，和我一起在車裡嗎？難道不是這樣嗎？我想問她這件事，但開不了口說出那個詞，即使現在我仍難以有勇氣說出那個詞，跟任何人說當時我多麼害怕，在我發現自己被鎖在車裡，旁邊有這樣一條長長的、褐色的生物——牠動得如此之快。如此之快，我嚇死了。

13

我上六年級時，來了一位東部的老師。他叫黑利先生，年紀很輕，負責教我們公民課。他有兩件事讓我念念不忘，第一件是，有天我想上廁所，但一直憋住不願意去，因為會引起大家的注意。但是他給了我通行牌，微笑地對我點了一下頭。當我返回教室，走到他旁邊歸還通行牌——那是一個大木塊，我們必須拿著它證明自己是獲准走出教室的——當我把牌子遞還給他時，看見卡蘿爾．達爾，一個人緣很廣的女生，做了某種手勢之類的動作，憑過去的經驗，我知道是在取笑我。她朝朋友做那個動作，讓他們也可以取笑我。我記得，黑利先生臉一黑，他說：千萬別以為自己比別人強，我不容許那種情況出現在我的教室裡，在這裡沒有誰比誰強，剛才，我看見你們有些人臉上的表情，顯示你們認為自己比別人強，我不容許那樣的事出現在我的教室裡，絕對不容許。

我瞥了卡蘿爾・達爾一眼。我還記得，她馬上收斂起來，一臉的羞愧。

我默默地、毫無保留地、立刻愛上了這個男人。我不知道如今他人在何處，他是否依然在世，但我仍愛著這個男人。

黑利先生的另一件事，是向我們講授印第安人的歷史。在這之前，我不知道我們騙取了他們的土地，導致黑鷹酋長起兵反抗。我不知道白人給他們喝威士忌，不知道白人在屬於印第安人的玉米田裡殺害他們部族的女人。我覺得我像愛黑利先生一樣的愛黑鷹酋長，覺得這些印第安人勇敢、了不起，我不敢相信黑鷹酋長遭俘後，被帶到各個城市示眾。我在最短時間內讀了他的自傳，記得他說的一句話：「白人的語言想必圓滑極了，他們能把對的說成錯的，把錯的說成對的。」我也擔心他的自傳在經過翻譯轉述記錄後會不準確，我很好奇，究竟黑鷹酋長是怎樣的人？然而，他給我的印象是個剛強的人，當他談起「我們的偉大領袖，總統大人」時，他的措辭文雅，但那令我感到相當悲哀。

我想說，這一切對我影響巨大，對於我們強行施加給這些人的凌辱。後來有一天我們又學到，印第安婦女種了一片玉米田，白種男人前來搗毀了田地……那天放學回家時，母親正在我們住過的車庫前面（當時我們剛搬出來不久），她大概是在專心修理某樣東西，我記不得了，她就這樣蹲在前門旁，我對她說：「媽咪，你知不知道我們對印第安人做了什麼？」我懷著畏怯，慢慢講出這句話。

母親用手背抹了一下頭髮。「我才不管我們對印第安人做了什麼呢。」她說。

那年學期末，黑利先生走了。在我的記憶裡，他是去服兵役，很可能是去參加越戰，因為越戰正好發生在那段時間。從此，我會努力在首都華盛頓的越戰紀念碑上尋找他的名字，但上面沒有。我對他的了解僅此而已，但在我的記憶中，那次事件後卡蘿爾．達爾在他的課堂上不刁難我了。我們所有人都喜歡他，我們所有人都尊敬他。一個男人，教一班十二歲的學生，能取得這樣的成就非同小可，但他做到了。

14

多年來，我一直想著母親說哥哥在讀的書。我也讀過那些書，它們給我的觸動不太深。就像前面說的，我心屬黑鷹酋長，排斥這些生活在大草原上的白人。於是我總想著這些書：哥哥喜歡的是書裡的什麼內容？這套書裡的那戶人家為人善良。他們橫穿大草原，有時身涉險境，而那位母親和藹可親，那位父親對他們關愛備至……

結果，我的女兒克麗茜也愛這些書。

克麗茜八歲生日時，我給她買了那本有關「蒂莉」、曾對我意義重大的書。克麗茜喜愛閱讀，我欣喜地叫她拆開這本書的包裝。她在我為她舉辦的慶生會上拆開禮物，她那個父親是音樂家的好朋友也在場。慶生會結束後，那位父親來接他的女兒，在我們家待了一會兒，寒暄了幾句，他提到我上大學時認識的那位藝術家。在我搬來這裡後不久，那位藝術家也搬到了紐約。我說我認識他。那位音樂家說，你比他太太漂亮。而在我問他藝術家有沒有小孩時，他說沒有，那位藝術家沒有小孩。

幾天後，克麗茜和我說起蒂莉那本書。「媽，這本書有點笨。」

但克麗茜現在仍然喜愛那套書——我哥喜愛的，寫大草原上那個女孩的書。

15

第三天，母親坐在床尾，我能看出她臉上的疲憊。我不希望她走，可她似乎沒辦法接受護士要搬一張折疊床給她的建議，我預感她馬上要走了。我像以往常有的那樣，開始提前憂懼這一刻的來臨。我記得自己第一次事先提心吊膽，是和小時候看牙醫有關。由於我們從小都不怎麼護理牙齒，而且遺傳到了「軟質牙」，所以每次去看牙醫，自然滿心憂懼。那位牙醫提供免費的牙齒保健，但做法相當吝嗇，無論在時間還是態度上，他彷彿看不慣我們的樣子，所以我一聽到要去看他，就開始擔憂，直到看完為止。我看他的次數不多，但是很早就明白這個道理：吃兩遍苦是浪費時間。我提到這件事，只是為了說明有多少事是頭腦無法驅使自己做到的，即便想做也做不到。

第二天半夜，前來找我的是「嚴肅小孩」，她說化驗室送回了驗血結果，我需要立刻做一個CT掃描檢查。「可現在是半夜啊。」母親說。但是「嚴肅小孩」說我非去不可，於是我說：「那就去吧。」不一會兒來了幾個護理員，把我放到輪床上，我朝母親揮揮手，他們把我推進一個接一個寬敞的電梯。走廊裡黑黝黝的，電梯裡也是，一切似乎暗淡無光。此前我沒在夜晚離開過病房，我不曾察覺，連在醫院，夜晚和白天也是有區別的。在經過很長的路、轉了許多個彎後，我被推進一間房裡，有人把一根小管子塞到我的腋下，另一根小管子插入我的咽喉。「別動！」他們說。我連點頭也不行。

過了很長時間——我不知道實際的時間應該如何描述，所以也不知到底過了多長的時間，我被推入環形的ＣＴ掃描裝置中，傳出幾下嗶噠聲，然後那東西不動了。「媽的！」我身後的一個聲音說。我在那兒又躺了很長時間。「機器壞了。」那個聲音說：「但我們必須完成這個檢查，不然醫生會宰了我們。」我在那兒躺了很長時間，覺得好冷。原來醫院裡常常很冷。我在打哆嗦，但沒有人注意到，我確信要是注意到他們會拿一條毯子給我，可是他們只想著讓儀器運轉起來；我理解那份心情。

最後，我終於通過了——儀器發出聽上去正常的嗶噠聲，微小的紅燈閃著，然後他們拔去我喉嚨裡的管子，把我推到外面的走廊上。我想，這將是終生難忘的回憶：母親正坐在黑黝黝的等候區，那個地方就在醫院地下室的盡頭，她的肩膀因疲憊而微微下垂，但看她的坐姿，透出絕無僅有的耐心。「媽咪，」我輕聲說，她朝我揮揮手，我說：「你究竟是怎麼找到我的？」

「不容易，」她說：「但我有嘴巴，我可以問人。」

16

第二天上午，「牙疼」親自來通知，檢查結果出來了，一切良好，雖然之前驗血報告裡顯示有異樣，但經CT掃描檢查，並無問題，稍後醫生會詳細說明。「牙疼」還隨身帶來一本八卦雜誌，問我母親想不想看。母親連忙搖頭，彷彿有人叫她觸摸人體的私密處似的。「我想看，」我一邊對「牙疼」說，一邊伸出手，她把雜誌遞過來，我向她道了謝。那天上午，那本雜誌就放在我的床上。後來，我把它收到擺了電話機的桌子抽屜裡，我藏起雜誌，其實是怕萬一那位醫生進來。所以我和母親一樣，都不希望別人從我們閱讀的書刊來評斷我們——那種東西，她連讀也不願意讀，而我只是不希望被別人看到。

這麼多年過去，我突然覺得這是件奇怪的事。當時我在住院，她基本上也是，還有比這更合適的時光，用來讀些轉移注意力的東西嗎？病床旁放著幾本從家裡帶來的書，但母親在的時候，我沒有讀那些書，她也沒有瞧那些書一眼。至於那本雜誌，我確信應該不會在我醫生的心目中留下不良印象。可偏偏我們兩個——母親和我，都如此敏感。在這個世上，時時有著他人的目光：我們到底要如何確保不覺得自己低人一等？

那不過是一本講電影明星的雜誌，等我女兒再大一點後，她們會和我一起把它當作消遣讀物，若我們需要打發時間的話。就這份雜誌而言，它時常刊登專題，講述普通人遭受非比尋常的苦難的故事。那天下午我從抽屜拿出那本雜誌，發現有篇文章寫一個在威斯康辛州的女人，一天傍晚，走進牲口棚去找她的丈夫，結果被砍了手臂（是真的用斧頭砍）。凶手是一名從州立精神病院跑出來的男子。事發之際，她的丈夫被綁在馬圈圍欄的一根柱子上，親眼目睹一切。他尖叫，害得馬兒也跟著尖叫，我猜想，那女人一定也發瘋似的尖叫（文章裡沒有說她昏過去），而這般喧鬧的聲響，嚇跑了那名從精神病院逃出來的男子。那女人由於動脈血流如注，本來極可能失血而死，但她發出呼救，一位鄰居及時趕來，給她的手臂綁上止血帶。如今，這對夫婦和鄰居每天第一件事就是一起祈禱。文中有張照片，是晨曦下他們在威斯康辛那間牲口棚的門旁祈禱。女人用她僅存的手臂和手做出祈禱的動作，他們祈望她很快能裝上義肢，但問題在於錢。我告訴媽媽，我認為拍攝人們祈禱的照片是不禮貌的，而她說，這整篇報導都不禮貌。

「不過，那位丈夫很幸運。」她過了些時候說：「我在新聞看到的那些節目，常常是要一個男人必須眼睜睜看著妻子遭人強暴。」

我放下那本雜誌，望著坐在床尾的母親，這位我數年未見過的婦人。「真的嗎？」我問。

「真的什麼？」

「一個男人眼睜睜看自己的妻子遭人強暴？媽，你看的是什麼節目？」我沒有加一句我最想問的：你們什麼時候有了電視機？

「我在電視上看到的，我剛才和你講過了。」

「但，是在新聞裡，還是刑案之類的節目？」

我看見——我覺得我看見——她思索了一下，然後說：「是新聞，有一晚在薇姬家看的。發生在那類可怕國家的什麼地方。」她的眼睛突然闔上了。

我重新拾起那本雜誌，快速翻閱。我說：「嘿，你看——這女生穿的禮服真漂亮。媽，看這件漂亮的禮服。」可她沒有反應，也沒有睜開眼。

這是那天醫生進來時見到的情景。「兩位美女！」他說，然後在看見我母親閉著眼睛時住了口。他就待在門口不動，他和我都注視了片刻，看她是不是真的睡著了，會不會睜開眼。我們定睛注視的那一刻，使我回想起年少時一家人去鎮上，有時我不顧一切地想朝一個陌生人跑去，說：「你要幫我，求你，求求你！能請你帶我離開這裡嗎，有壞事要來了——」不過當然，我並未付諸行動，憑藉直覺，我知道沒有陌生人會出手相助，沒有陌生人敢這麼做，而且到頭來，這樣的背叛會使事情更加惡化。

於是此刻，我從注視母親轉向注視我的醫生，基本上，這就是我一直盼望出現的那個陌生人——他轉頭，想必在我臉上看出了什麼，在那一瞬間，我也感覺在他臉上看出了什麼。他舉起一隻手，示意會再回來，在他走出去的那一刻，我感覺自己掉進了一團許久以來熟悉的黑暗中。母親的眼睛繼續閉了半晌。時至今日，我仍不清楚她是睡著了，還是只為和我保持距離。當時，我很想和我的小寶貝說話，但母親若是睡著的話，我不可以因為對著床邊的電話講話而吵醒她，而且女兒也應該在上學。

我想和女兒講話已經想了一整天，我按捺不住，於是推著點滴走到外面的走廊上，問護士他們桌上的電話能否借我用一下。他們把一臺電話機推到我面前，我打給先生，拚命不讓眼淚掉下來。他在上班，聽到我說有多麼思念他和孩子，他為我感到難過。「我會打電話跟保姆說，叫她在孩子們一回到家就打電話給你。克麗茜今天和朋友有約活動。」

所以生活仍在繼續，我想。

（而現在我想的是：生活在繼續，直至繼續不下去為止。）

我一邊強忍著不哭，一邊坐在護士工作站旁的椅子上。「牙疼」伸出臂膀摟著我，即使現在，我仍因那個舉動而對她深有好感。我偶爾悲哀地想到田納西．威廉斯為布蘭琪寫的那句臺詞：「我總是依靠陌生人的善意。」[1]我們中的許多人屢屢因陌生人的善意而獲救，但一段時間後，這句話聽起來陳腐老套，好像心靈雞湯。而令我悲哀的也正是那個——一句優美、真實的臺詞，因用得太多，結果添上了心靈雞湯的膚淺色彩。

當母親過來找到我時，我正在用裸露的手臂擦臉，我們所有人——「牙疼」、我、其他護士——朝她揮手。「我以為你在午睡。」在與她回病房的途中我說。她說她是在午睡。「保姆可能就快打電話來了。」我告訴她，克麗茜已經和同學有約活動了。

「是什麼活動？」母親問。

幸好當時只有我們兩人。「就是放學後去某個同學家。」

「那個同學是誰？」母親問，我相信，她想必在我臉上看出了

1. 田納西・威廉斯為美國知名劇作家，代表作有《玻璃動物園》、《慾望街車》等。後文的布蘭琪即為《慾望街車》的女主角。

什麼，看出了我的哀傷，她的問話，是她示好的方式。

我們走在醫院的走廊上，我向她講述克麗茜的朋友，這位朋友的母親是教五年級的老師，父親是一位音樂家，但也是個混帳，他們的婚姻不幸福，但幾個女兒似乎相親相愛得很。母親一邊聽，一邊只顧點頭。我們回到病房時，醫生已在那兒。他一臉例行公事的表情，刷地拉起簾子，按按我結疤的傷口，態度簡慢地說：「關於昨晚的緊急事件，因為血液裡顯示有炎症，所以我們需要做ＣＴ掃描檢查。等你退了燒，能吃下固體食物後，我們就可以讓你出院回家。」他的口氣截然不同，每說一個字，都像是在掌摑我一樣。我說：「明白了，醫生。」眼睛卻沒有看他。我學到了一課：人會疲倦。頭腦、靈魂、或不管是什麼、不管我們稱之為什麼，會疲倦的不只有身體；這一點，我斷定通常是天性在幫助我們。我開始感到疲倦了，我相信——但不得而知——他也開始倦了。

保姆打電話來。她還只是個年輕女孩，不停向我保證孩子們很好。她把話筒放在貝卡耳邊，我說：「媽咪很快就會回家了。」一遍一遍又一遍，貝卡沒有哭，這讓我很欣慰。「什麼時候？」她問，我反覆說「很快」，還有我愛她。「我愛你，你知道的，對嗎？」「什麼？」她問。「我愛你，我想你，我沒有陪在你身邊，是為了能讓我的身體好起來；我會好起來的，然後我馬上就能見到你了，好嗎，我的天使？」

「好的，媽咪。」她說。

17

大都會藝術博物館，如龐然大物，坐落在紐約的第五大道，門前有許多臺階，館內一樓有個分區，叫做雕塑廳，我應該曾經和先生從某個獨特的雕塑旁走過許多次，等孩子們長大些後，還帶著她們走過；只是當時的我只想給孩子們買吃的，從未真正搞清楚大家在這樣一間藏品多得令人眼花撩亂的博物館裡做什麼。而在我們來來去去，帶著需求和擔憂擦身而過的那座雕像，是直到最近才進入我眼裡——宛如被一道光直直攫住，當它整個蒙上一層皎潔的光輝時，我才停下腳步，望了它一眼說：「啊！」

那是一座大理石雕像：一個男人，身旁圍著他的孩子，男人臉上的表情如此絕望，幾個孩子在他腳邊似乎抓著他不放，懇求他，他神色痛苦地凝望外面的世界，雙手用力拉扯嘴角，可他的孩子卻一味地看著他——當我終於見到這座雕像時，我在內心發出：「啊！」

我讀了解說牌，上面寫到這些孩子把自己當作食物，獻給他們的父親，他在獄中快要餓死了，這些孩子只渴望一件事：為他們的父親排憂解難。他們願意讓父親開開心心地把他們吃掉。

於是我想，所以那傢伙知道——那位雕塑家，他知道。

還有給這座雕像撰寫解說的詩人。他也知道。

好幾次，我特地前往那間博物館，去看心中那個快要餓死的、當父親的男人，他的孩子圍著他，一個緊緊抱住他的腿，當我站在雕像前面，卻不知所措。他和記憶中的一樣，於是我茫然若失地站著。後來我意識到，我的需要得到滿足是在偷偷摸摸去看他的時候，比如我要趕著去別處和某人見面，或是和某人在博物館裡，我說得去上一下洗手間，就那樣走開，逕自去看這座雕像。但後來我發現，並不是只有我如此孤身一人去看這個驚恐、挨餓、當父親的男人。他雖然一直在那裡，但有一次，他不在了。警衛說，他在樓上的特展裡，這整件事讓我有受辱的感覺，沒想到其他人也那麼拚了命想看到他呀！

可憐可憐我們吧。

後來，當我回想起警衛告訴我那座雕像在樓上時自己的反應，竟也想起了這句話。我想，可憐可憐我們吧，我們無意表現得如此卑微；可憐可憐我們吧——這句話在我腦中掠過許多遍——可憐可憐我們每個人吧。

18

「這些人是誰？」母親問。

我面朝窗戶躺著；傍晚時分，整個城市華燈初上。我問母親，她指的是誰。她回答：「這本無聊雜誌裡的這些無聊人，他們的名字我沒有一個認識。他們似乎都喜歡拍在喝咖啡或購物時的照片，或是——」我沒有再細聽。我最想聽的是母親的說話聲，她說的內容無關緊要。因此我聽著她的說話聲；除了過去的這三天以外，距離上一次聽見她的聲音已相隔很久，那聲音變了。也許是我記錯了，過去她說話的聲音常使我受不了，現在這聲音和以前那種總帶著壓迫感和催逼的聲音，卻正好相反。

「看這個，」母親說：「可憐蟲，瞧瞧這個。我的天啊！」

於是我坐了起來。

她遞給我那本八卦雜誌：「你看到這個了嗎？」

我從她手中接過雜誌。「沒有，」我說：「我的意思是，我看到了，但不覺得有什麼大不了。」

「啊呀，我的天，事情可大了！她父親是你爸很久以前的一個朋友。埃爾金．阿普爾比。這裡剛好有寫他的名字，看看這句，『她的父母，諾拉．阿普爾比和埃爾金．阿普爾比』。哦，他好幽默好風趣，簡直能把魔鬼逗笑。」

「哎，魔鬼不都是很容易就笑了。」我說完，母親看著我。

我又問：「爸爸怎麼認識他的？」我記得，那是她在醫院陪伴的期間，我唯一一次生她的氣，原因是她就那樣隨口談起父親，在此之前她一個字也不提，除了講到他的卡車以外。

她說：「他們年輕時認識的。誰知道，反正埃爾金搬去了緬因州，在那裡的一座農場工作，我不知道他搬家的原因。可是你看看，安妮·阿普爾比這個孩子。看看她，可憐蟲。」母親指著她遞給我的那本雜誌。「我覺得她看起來……我說不上來。」我的母親在坐位上往後一靠。「她看起來……怎麼說呢？」

「可愛？」我不覺得她看起來可愛，她有種味道，但不是「可愛」。

「不，不是可愛，」母親說：「一種味道。她有種味道。」

我再度盯著那張照片。她依偎著新交的男友，一個男演員，演過一部我先生有時晚上看的電視劇。「她有種久經世故的味道。」

我最後說。

「對。」母親點頭，說：「你說得對，可憐蟲。我也這麼認為。」

那篇文章很長，主要是講安妮．阿普爾比，而不是和她在一起的那個傢伙。文章裡說，她在一座馬鈴薯農場長大，位於緬因州阿魯斯圖克縣的聖約翰山谷，她高中沒有畢業，輟學後加入一個劇團，她很想念家鄉。「我當然想啊！」文中引用安妮．阿普爾比的原話：「我每天都想念那裡的美景。」在問到她是否想離開舞臺、轉戰電影圈時，她回答：「一點也不想。我喜歡觀眾就在我的面前，雖然我在臺上時心裡不會想到他們，但我完全了解他們的需求，因此，我很擅長這份為他們表演的工作。」

我放下那本雜誌。「她長得很漂亮。」我說。

「我不覺得她漂亮。」母親說。好像過了一會兒，她才又補充說：「我覺得她不只是漂亮。她很美，我只是好奇對她而言，出名是什麼感覺。」母親似乎在思索這個問題。

也許因為這是她自來了以後第一次提起我父親，而且話題不僅只是他的卡車；但也可能是因為她誇別人的女兒很美——總之我略帶挖苦地說：「我不知道你還會關心對誰而言出名是什麼感覺。」

當下我立刻感到一陣難受：這位是我的母親，就在前一晚，她摸索著找到通往地下室的路，在深夜時分，一路走到這間可怕的大醫院的地下室，她去是為了確認她的女兒無恙。於是我又說：「不過有時我也好奇過，有一次，我看見——」我說了一位知名女演員的名字：「在中央公園，她走在我旁邊，我心想，那是什麼感覺？」我講這些話，全是用來再度向母親示好。

母親只是微微點了點頭，望向窗戶。「不曉得。」她說。幾分鐘後，她闔上了眼睛。

沒過多久我才想到，她大概不認識我提起的這位知名女演員。許多年後，哥哥說就他所知，她從未上過電影院。我哥也從未上過電影院，至於薇姬，我不清楚。

19

出院後，過了幾年，我見到大學時認識的那位藝術家，那是在另一位藝術家的開幕展上。當時我的婚姻出現問題，發生的事令我蒙羞：我先生與那個帶女兒來醫院、自己沒有小孩的女人過從甚密，那時我要求她不准再來我們家，他同意了。但我十分肯定，在我們去開幕展的那晚，我們吵了一架。我記得我沒有換上衣，那是一件紫色的針織上衣，我配了一條半長裙，臨出門前，套上先生的藍色長大衣；我先生想必是穿了他的皮夾克。

記得到達會場時，看見那位藝術家在場讓我相當驚訝。他看見我時似乎有點緊張，眼睛上下打量我的紫色針織上衣和那件深藍色外套——這兩件對我來說都不合身，顏色也不協調；等回到家、照鏡子，看見他所看到的畫面時，我才發現這一點。但那沒什麼要緊。要緊的是我的婚姻。然而，那晚見到這位藝術家，其實關係重大，以至於這麼多年後，我對那件深藍色外套和我俗豔的紫色上衣依舊記憶猶新。他仍是唯一讓我對自己的穿著感到難為情的人，而這一點對我來說，稀奇罕見。

先前我已經說過：引起我興趣的是，我們如何想方設法感覺自己比另一人、或另一個群體的人高出一等。這種現象無處不在、無時不有，不管我們把那稱為什麼，在我看來，那是我們最卑劣的一面，非要為自己找個貶低的物件不可。

20

作家薩拉．佩恩，我在服裝店偶遇的那位，將在紐約公共圖書館的一個專題小組討論會上發言。這是在我見過她本人的幾個月後，從報紙上讀到的消息。這令我感到驚訝，因為她極少公開露面，我以為她根本不願與人打交道。我向一位據說與她有些泛泛之交的人提起此事，那人說：「她沒那麼孤僻，只是紐約不適合她。」這令我想起那位稱讚她寫得不錯、可惜心太軟的男士。為了見她，我去聽了這個討論會，威廉沒有跟我一起去，說寧可待在家裡陪孩子。那是夏天，到場的人遠遠沒有我預想的那麼多，說她心太軟的那位男士，則獨自坐在後排。討論會談的是小說的主旨：什麼是小說的主旨，以及相關話題。

薩拉．佩恩在某部作品裡塑造過一個人物，那人稱某位美國前總統「是個老糊塗，由他的妻子憑星象圖治理國家」。顯然，薩拉．佩恩收到讀者的攻擊郵件，他們說原本挺喜歡那本書的，直到讀了那一節，她筆下的這個人竟用這般措辭形容我們的那位總統。聽到這裡，那位主持人似乎吃了一驚。「真的嗎？」他是圖書館的管理員。她說：「是真的。」「那你有回覆這類信件嗎？」那位圖書館員在問這個問題時，他的手指恰好就放在麥克風的底部。她說，她沒有回信。此刻她的臉不像我在服裝店偶遇時那樣的神采奕奕，「使讀者分清什麼是敘述者的聲音，而不是作者的個人觀點，這不是我的工作。」僅僅這句話，就讓我感到不虛此行，但那位圖書館員似乎聽不懂。

「怎麼說？」他拚命地問，她則是只重複先前說過的話。他又說：「作為小說家，你的工作是什麼？」她說，作為小說家，她的工作是記述人的境況，告訴我們，我們是什麼樣的人，我們想什麼，我們做什麼。

聽眾席裡的一位女士舉手問：「但那是不是你對這位前總統的看法呢？」

薩拉．佩恩停頓了片刻，然後說：「好吧，我這樣和你們講。雖然我在小說中塑造的那位女士，稱那男的是老糊塗，說他有一位憑星象圖治國的妻子，但我想說……」她不自然地點點頭，觀望聽眾：「我，指我本人，薩拉．佩恩，這個國家的公民，我想說，我虛構的這位女士太輕饒他了。」

紐約的聽眾有時很難應付，但他們明白她的意思，這時候，人們互相竊竊私語。我回頭看坐在後排的那位男士，他面無表情。當晚討論會結束後，我聽見他對一位走上前和他講話的女士說：「她每次都風頭很健。」我覺得，他說這話時的語氣不太和善。那一晚，我獨自搭地鐵回家，感覺到自己不愛這座住了這麼久的城市，但說不出具體原因。我大致能說出是為什麼，但無法確切說明。

於是那一晚，我動筆記下這個故事。部分的故事。

我開始嘗試了。

21

在說出認為母親從不關心出名是什麼感覺而自認衝撞了她的那一晚，我在醫院睡不著。我輾轉難眠；我想哭。當我的孩子哭時，我感到心碎，我會親親她們，看哪裡出了問題。也許我的確反應過度。以前和威廉吵架時，我偶爾會哭，我早看出，他不是那種討厭聽見女人哭的男人，不像許多男人一樣，相反地，那會打破他心中不管是什麼樣的冰霜，若我哭得很厲害，他幾乎每次都會抱著我說：「好啦，我們會有辦法解決的。」可在母親面前，我不敢哭。我的父母都厭惡哭這個舉動，對一個正在哇哇大哭的小孩來說，非要停住不可，否則一切將會更糟。然而這是件難事，對任何小孩來說都不容易辦到。而我母親，那晚在醫院病房的母親，仍是那位自我出世以來的母親，無論她多麼迫切，無論她的話語變得多麼溫和，也不管她的面容比以前舒緩而顯得多麼不同——我要講的是，我努力忍住不哭，因為在黑暗中，我相信她仍然醒著。

接著，我感覺她隔著床單捏捏我的腳。

「媽咪，」我突然坐起來，說：「媽咪，別走！」

「我哪裡也不去，可憐蟲，」她說：「我就在這兒。你的病會好起來的。你還要面對人生中的許多事，不過，人人都要面對。就你的情況而言，我已經看出一些，意思是，我預知到一些事情，但陪在你身邊——」

我緊閉雙眼——你可千萬別哭出來，小傻瓜——我捏了腿上的肉，力道大到自己都不敢相信有多痛。然後沒事了，我轉身側躺。

「陪在我身邊怎樣？」我說。此時我已能平靜地講出這句話。

「陪在你身邊時，我無法確定這些預測法有多準。畢竟以前我預見到的事在你身上都說中了。」

「比如你知道我生了克麗茜。」我說。

「是的，但我不——」

「知道她的名字。」我們一同講出這幾個字；黑暗中，我也感覺到我們一同笑了出來。母親說：「睡吧，可憐蟲，你要好好睡覺。假如睡不著，就閉目養神。」

早上那位醫生進來，刷地拉起我四周的簾子，當他看見我的大腿上有紅色瘀青時，他沒有碰，而是盯著那塊瘀青，然後望著我。他抬起眉毛，令我驚慌的是，眼淚從我的眼角流下。他和藹地對我點了點頭，不過那是愣了一下後的反應。他把手放在我的前額，作勢檢查體溫，我的眼淚不停從眼角流下，他的手一直放在那裡。他動了一下拇指，彷彿想擦去一滴淚水。我的上帝，他真是個好人，一位大好人。我露出一絲微笑，向他道謝，一絲小小、硬擠出的微笑，表示我的窘迫。

他點點頭說：「你很快可以見到那些孩子了。我們會安排你出院，與你的丈夫團聚。在我的看護下，你不會有生命危險，我向你保證。」然後他握拳，親了一下拳頭，接著朝我揮了揮拳。

22

薩拉．佩恩在亞利桑那州開課，為期一週，威廉主動出錢讓我去，令我相當吃驚。這是我在紐約公共圖書館見過她幾個月後的事，我還沒想好要不要離開孩子那麼久，但威廉鼓勵我去。那課程叫「寫作坊」，我不知道緣由，但我一向不喜歡那個詞：「作坊」。我去，因為教課的人是薩拉．佩恩。在教室見到她時，我露出燦爛的微笑，以為她會記得我們在服裝店的那次邂逅，可她只跟我點了點頭，好一會兒，我才意識到她沒有認出我。也許真是如此：我們都盼望收到知名人物的小小致意，表示他們有看見我們。

我們上課的地方在一棟位於山丘之頂的老建築內，裡面很暖和，窗戶敞開，我望著薩拉．佩恩，發現她一講課就變得有氣無力。我從她的臉上看出疲態，一個小時後，她的臉垮下來，好像白黏土在溫度不夠低的情況下走樣一般，真的是像極了。她的臉因疲憊而垮成奇怪的形狀，過了三小時，似乎更加嚴重，她白黏土般的臉彷彿在顫抖。教那堂課耗去了她一切的心力，這是我此刻想說的。疲憊徹底毀了她的面容。每一天，她開始上課時帶著些許生氣，不出幾分鐘就顯露疲態。現在想來，無論從前還是往後，我都沒見過一張臉，如此清晰地露出精疲力竭的神態。

班上有位男士，他的妻子身患癌症，最近離他而去，薩拉待他很好，我看出這一點。我感覺我們全都看出這一點。我們看出這位男士愛上了班上的一名同學，她是薩拉的朋友。這沒什麼。那個朋友沒有也愛上他，但她並未輕慢他，薩拉和這位女士對待這位活在喪妻之痛的男士的態度，頗有分寸。還有一位女士是教英語的。另外有一位加拿大男士，長著粉嘟嘟的臉頰，和藹可掬；班上的同學調侃他是十足的加拿大人，他欣然接受。另有一位女士，是心理分析師，來自加州。

我想講的是其中一天發生的事：一隻貓突然從開著的窗戶躍進教室，剛好落到大桌子上。那隻貓體型碩大，身子很長，在我的記憶中，牠活像一頭小老虎。我驚恐萬分地跳了起來，薩拉．佩恩也跳了起來——她跳得很猛，簡直嚇慘了。隨後那隻貓從教室的門跑了出去。平時極少開口的那位加州心理分析師，這時對薩拉．佩恩說——在我聽來，她是用一種惡毒至極的語氣：「你患創傷後壓力症多久了？」

我記得的是當時薩拉臉上的表情。她恨這位女士講出那句話。她恨她。在許久的靜默中，大家從薩拉臉上看出了這份恨意，至少，這是我現在回想起那一幕時的印象。接著那位失去妻子的男士說：「噢，怪了，那隻貓可真大啊。」

而後，薩拉向全班大講起對人評頭論足的事，以及下筆時不要妄下論斷。

照事前承諾的，在寫作坊這樣的形式下，我們每個人有機會和老師私下會談，而我確信，私下會談必定令薩拉疲倦不堪。大家上這類寫作班的目的，往往是為了想要遇到伯樂，使自己的作品得以發表。我帶了正在寫的那部小說的部分章節去參加寫作坊，但是輪到我與薩拉一對一會談時，拿出來的是寫我母親到醫院探望我的片斷草稿，那是我在圖書館見過薩拉以後才動筆寫的。前一天，我悄悄把那幾頁的影本交給她，放在她的信箱裡。我記得最清楚的是，她跟我講話的語氣，彷彿我們相識已久，儘管她隻字未提我們曾在服裝店偶遇的事。

「真抱歉，我太累了，」她說：「天哪，我快累昏了。」她湊上前，輕輕摸了摸我的膝蓋，然後靠坐在椅子上。

「老實講，」她柔聲細語地說：「和上一個人會面結束後，我以為我要生病了。那種真正想吐的噁心，我實在不是這塊料。」接著她說，「聽我講，仔細聽好我的話。你在寫的東西，你想寫的東西，」她再度探身，用手指敲敲我交給她的那篇草稿，「這，非常好，肯定能出版。但注意，人們會追著你不放，因為你把貧窮和虐待聯繫在一起。真是混帳的措詞，『虐待』，一個這麼約定俗成的混帳用語，可那些人會說，有貧窮，不一定有虐待，而你，絕對什麼話也不要講。千萬別為你的作品辯護。這是一個關於愛的故事，你心中明白。這個故事講的是一個男人因他在戰爭中的所作所為而終生、日日夜夜受到良心的譴責。這個故事講的是一位對他不離不棄的妻子，在那個年代裡，大多數妻子都這樣，她走進女兒的病房，不由自主地議論起誰誰誰的婚姻觸礁，甚至連她自己也沒意識到正在做這樣的事。這個故事講的是一位母親，她愛她的女兒。愛得不完美。因為我們的愛都是有瑕疵的。但假如你寫這篇故事時發現自己是在保護誰，那麼記住這句話：你那樣做不對。」

說完，她向後靠坐著，寫下我應讀的書籍名稱，大部分都是經典名著；當她站起，我也站起準備告辭時，她突然說「等一等」，接著擁抱了我一下，把手放在嘴邊，發出親吻的聲音，這令我想起那位和藹的醫生。

我說：「那位女同學問起創傷後壓力症，我感到過意不去。我也跳起來了。」

薩拉說：「我知道你跳起來了，我有看到。不管是誰，像那樣利用自己所受的專業訓練來貶低人——哎，那傢伙就是一個一無是處的大廢物。」她對我眨眨眼，面容憔悴，然後轉身離去。

在那之後，我再也沒見過她了。

23

「喏，」母親說。這是她坐在我床腳的第四天。「你記得那個叫瑪麗蓮的女孩吧——她姓什麼……瑪麗蓮．馬修斯？我不知道她姓什麼。瑪麗蓮．某某。你記得她嗎？」

「我記得她。」我說：「當然。」

「她姓什麼？」母親問。

「瑪麗蓮．某某。」我說。

「她嫁給了查理．麥考利。你記得他嗎？一定記得。你不記得了？他老家在卡萊爾，唔——喔，我猜他和你哥哥的年紀更相近。

他和瑪麗蓮，他們在高中時不是一對，但後來結了婚，都上了大學——在威斯康辛，我想是……麥迪森分校……唔。」

我說：「查理．麥考利。等一下，他個子很高。他們上高中時我還在念初中。瑪麗蓮去我們的教堂，幫她媽媽分發感恩節晚餐的食物。」

「哦，對。沒錯。」母親點頭。「你說得對，瑪麗蓮是個很不錯的人。我之前和你講過了，她和你哥哥的年紀更相近。」

我忽然清晰地憶起，有天放學後，瑪麗蓮在無人的走廊與我擦肩而過，朝我微笑，那是友好的微笑，像是在惋惜我的處境，可我感覺，她不希望自己的笑容顯出恩賜之意。那是我為什麼一直記得她的原因。

「你怎麼會記得她？」母親對我說。「假如她比你大那麼多的話？是因為感恩節晚餐嗎？」

「你怎麼會記得她呢？」我也對她說：「她出了什麼事？你又是怎麼知道的？」

「噢。」母親發出一聲重重的嘆息，搖了搖頭。「前些日子，有個女的來圖書館——現在我有幾天會去漢斯頓的圖書館——這個女的長得很像她，像瑪麗蓮。我說，『你長得很像我認識的一個人，她和我的孩子年紀差不多。』她沒有接話，那讓我很生氣，你懂的。」

我的確懂。我從小到大都有那種感受。人們不願正視我們的存在，與我們為友。「唉，媽，」我疲倦地說：「操他們的。」

「操他們？」

「你懂我的意思。」

「我看你住在大城市學到了不少東西。」

我對著天花板笑了笑。我不知道世上有誰會相信這段對話，這卻是千真萬確。「媽，我不必為了學說『操』而搬到大城市來。」

一陣沉默，母親彷彿在琢磨我的話。接著她說：「是不用，你大概只需要走到佩德森家的牲口棚，聽他們的工人講話就行。」

「那些工人講的遠不只『操』這個詞。」我告訴她。

「我猜也是。」她說。

此刻——在記錄下這一段時，我再度思索，當時我為什麼沒有直接問她呢？為什麼沒有直接說，媽，我正是在那個我們稱為「家」操他的車庫裡，學會了所有我需要掌握的詞……我猜我什麼也沒說，因為這是我從小到大一貫的反應，以便在別人不知道他們自己出糗時掩蓋他們的過失。我這麼做，我想，是因為很多時候那個人可能是我。即便現在，我仍隱約知道曾讓自己出過糗，並且總是喚回童年時的感受，在對天下萬物的認識上留著大片空白，永遠不可能填補。可儘管如此，我還是替別人著想，正如我察覺到別人替我著想一樣。現在，我只能認為，那天我是替我母親著想。換作別人，誰不會坐起身說，媽，你難道不記得嗎？

關於這點，我請教過專家，是親切友好的專家，像那位和藹的醫生那樣；他們不是刻薄的人，不像那位在薩拉．佩恩見到貓而跳起來時出言傷她的女子。他們的回答周全縝密，但幾乎如出一轍：我不知道你的母親記得什麼。我喜歡這些專家，因為他們給人正派的感覺，也因為我相信，現在我一聽就知道什麼是真話。他們不知道我的母親記得什麼。

我也不知道我的母親記得什麼。

「但那確實教我想起瑪麗蓮，」母親繼續用她伴有沉重呼吸的聲音說：「於是那個星期比較晚的時候，我碰見那個誰的時候就打聽，那個人就是在——哦，你知道的，可憐蟲，在——」

「查特溫蛋糕店。」

「沒錯，」母親說：「對，那位還在那裡工作的大嬸。她什麼都知道。」

「伊芙琳。」

「伊芙琳。於是我坐下，點了塊蛋糕和一杯咖啡，對她說，『你知道嗎，我想我見到瑪麗蓮了，她以前姓什麼？』這位伊芙琳，我一向喜歡她——」

「我也好喜歡她。」我說。我沒有講喜歡她是因為她對我的表弟艾貝爾很好，對我很好，她看見我們在翻垃圾桶時從不講一句話。母親也沒問我為什麼喜歡她。

母親說：「她停下擦櫃檯的工作，對我說，『可憐的瑪麗蓮，嫁給了那個從卡萊爾來的查理．麥考利，我想他們目前仍住在附近，但她嫁給他，是早在他們上大學時，那傢伙很聰明。所以很自然，聰明的人立刻被他們挑走了。』」

「他們是誰？」我問。

「哎呀，當然是我們骯髒、腐敗的政府。」母親回答。

我沒有說話，只是仰望天花板。這是我生平向來的經驗，獲得最多政府福利的人──教育、食物、租房補貼（我都得到了），也是最容易對整套執政理念挑剌的人。在一定程度上我理解這是怎麼回事。

「他們挑瑪麗蓮聰明的丈夫去做什麼？」我問。

「這個嘛，他們給了他官職。在越戰期間……我猜，他從事的必定是某些可怕的工作，聽伊芙琳告訴我，他再也不是以前的他。這來得太早，他們結婚還沒多久，真教人傷心。真的，真教人傷心。」母親說。

我等了好一陣子，有好一陣子我等著，躺在那裡，心怦怦直跳，即便現在，我依然能記得那撲通撲通、劇烈的心跳聲，以及我想到向來被我暗自稱呼的那件「事情」，我童年最駭人的回憶。我躺在那兒，心裡怕得很，怕母親會提起舊事，在過去了這麼多年後，在從來一句也不提的情況下，最後我說：「那他做了什麼？是因為這段經歷？他對瑪麗蓮亂發脾氣嗎？」

「我不清楚。」母親說，她的聲音似乎突然生出了倦意。「我不清楚他做的是什麼。也許今天有藥可治，或至少有了一個叫法。

他們可不是第一批這樣的人，受戰爭的創……管它怎麼叫呢。」

回想起這一段，我記得，是我開口，當下盡快扭轉我們的話鋒——盡快！也許多多少少是為了脫離我母親的話題；也或許是已經意識到她所導引的方向。

「想到有人對瑪麗蓮亂發脾氣，我真的不忍心。」我說，接著附加了一句，「那位醫生還沒來查房。」

「今天是週六。」

「週六他也會來的。他一直如此。」

「他週六不上班。」母親說：「他昨天跟你講『祝你週末愉快』。在我聽來，那不像他週六會來上班。」

接著我開始感到害怕，害怕她說得對。「哦，媽咪，」我說：「我太累了。我想要好起來。」

「你會好起來的。」她說：「我已經清楚預見到了。你會好起來的，你的人生會遇到一些難題，但重要的是，你會好起來的。」

「你確定嗎？」

「我確定。」

「什麼樣的難題？」我努力用一種像開玩笑的語氣問出這句話，彷彿表示，一點難題，有什麼大不了的？

「難題，」母親沉默了一會兒。「和大多數人、或部分人遇到的一樣。婚姻問題。你的孩子會一切安好。」

「你怎麼知道？」

「我怎麼知道？我不知道我怎麼知道的。我向來不知道我怎麼知道的。」

「我知道。」我說。

「你好好休息吧，露西。」

那仍是六月初，白晝很長。直至黃昏時華燈初上、照進窗戶，讓我們領略璀璨的都市夜景之時，我才聽到病房門口傳來聲音。

「兩位美女。」他說。

24

在西村住了幾年後，我終於參加了人生第一次同志遊行，這對住在西村的人來說意義非凡。其實，這是可以理解的，因為這裡發生過著名的石牆事件，而後有愛滋病恐慌，許多人前來，列隊在街道兩旁表示支持，同時也緬懷和悼念那些已故的人。我牽著克麗茜的手，威廉抱著貝卡，我們站在那裡，看踩著紫色高跟鞋、戴著假髮的男人走過，還有些男人是穿著洋裝，後面則跟著參與遊行的母親們，這裡還有各種在紐約此類活動上所見到的場景。

威廉轉身對我說：「露西，老天爺，你搞什麼鬼。」因為他看出了我臉上的表情，我搖搖頭，轉身要回家，他跟我一起走，說：「喔，小巴，我記起來了。」

他是唯一聽我講過那件事的人。

大概是在我哥上高中一年級時——他可能晚一年入學，也可能早一年——反正當時我們仍住在車庫裡，所以我應該是十歲左右。由於母親替人做縫紉，她把多雙樣式不同的高跟鞋收在車庫角落的籃筐裡。那個籃筐可說是女人的另一個衣櫥，裡面還有胸罩、緊身內衣和一副吊襪帶。我想那是給需要改衣服、但前來時沒有帶合適內衣的女人用的；雖然對每個女人來說，穿這些東西很正常，但我母親懶得穿，除非有顧客上門。

那天，薇姬尖叫著來學校操場找我，我甚至記不清那天是不是上學日，或她為什麼沒和我在一起，我只記得她的尖叫和大家的圍觀及笑聲。父親開著我們家的卡車，沿市中心的大街行駛，他對著哥哥大吼，我哥正穿著一雙很大的高跟鞋走在街上——我認出那是放在籃子裡的鞋——他的T恤外面戴了胸罩，和一串假的珍珠項鍊，臉上則掛滿了淚水。父親行駛在他旁邊，從卡車裡大罵他是個該死的娘娘腔，應該昭告天下。我不敢相信眼前所見的，雖然我是老么，但我抓起薇姬的手，領著她一路走回家。母親在家，她說哥哥被發現偷穿她的衣服，實在令人噁心，父親要給他一個教訓，她要薇姬停止嚷嚷，於是我帶薇姬到郊外的玉米田去，直至天黑——直至我們開始懼怕黑夜勝過懼怕我們家為止。至今我仍不確定這段回憶的真實性，但我知道確有其事。我的意思是：那是真的。隨便問一個認識我們的人都知道。

西村遊行的那天，我相信——但我不確定——威廉和我吵了一架。因為我記得他說：「小巴，你就是不明白，對不對？」他指我不懂我可以得到別人的愛，我是討人喜愛的。他每次總會在我們吵架時講那句話。他是唯一喊我「小巴」的人，但他不是唯一講過這句話的人：你就是不明白，對不對？

薩拉．佩恩，在囑咐我們下筆時不要妄下論斷的那天，她提醒我們，我們從來不知道，也永遠不可能知道，怎樣才算充分徹底了解另一個人。這個觀點看似簡單，但隨著我年紀漸長，越來越能體會到她為什麼要告訴我們這點。我們思考，我們總在思考，是人身上的什麼特質，使我們鄙視那個人，使我們產生優越感？我想說，那天晚上——我記得的這個片斷，是無法用言語盡述的——父親躺在黑暗中，挨著我哥哥，抱住他，把他當作嬰兒似的，在自己的腿上搖著他，我分不出誰在流淚，誰在喃喃低語。

25

「艾維斯……」母親說。那是半夜，病房裡漆黑一片，只有從窗戶照進的城市燈光。

「貓王艾維斯．普里斯萊嗎？」

「你還聽說過另一個艾維斯嗎？」母親反問。

「沒有。你說『艾維斯』，」我等她接話。我說：「你怎麼提起『艾維斯』來，媽？」

「他很有名。」

「是的。他太有名了，他死於他的名氣。」

「他是死於毒品，露西。」

「但那多半是出於孤獨，媽，他這麼有名，想想看，他哪裡也不能去。」

有好長一段時間，她不發一語。我有種感覺，她真的在思考我的話。她說：「我喜歡他早期的東西。你父親認為他本人即是魔鬼，看他後期那些愚蠢可笑的穿著……但只要你聽過他的聲音，露西——」

「媽。我聽過他的聲音。我不曉得你還知道艾維斯。媽，你是什麼時候聽過艾維斯的歌？」

再度出現一陣許久的沉默，隨後她說：「呃——他不過是一個從圖珀洛出來的小夥子，一個出生在密西西比州圖珀洛鎮的窮孩子，他愛他的媽媽。他受到低俗的人的歡迎。喜歡他的都是那樣的人，低俗鬼。」她停了一下，接著說——這時她的聲音第一次、也真正地變成我兒時聽過的聲音，「你爸講得對。他就是個一無是處的大廢物。」

廢物。

「他是個死掉的廢物。」我說。

「是啊，沒錯。他嗑藥。」

終於，我說：「我們都是廢物。那是我們真正的本色。」

我的母親，用我兒時熟悉的聲音說：「狼心狗肺的露西・巴頓。我大老遠飛過來，不是要讓你告訴我『我們是廢物』的。我的祖先和你爸的祖先，都是屬於第一批來到這片土地的人，露西・巴頓。我大老遠飛過來，絕不是要讓你告訴我，我們是廢物。他們善良正直，在麻塞諸塞州的普羅威斯頓上岸，靠打魚為生，他們是拓荒者。我們在這片土地開疆闢土，後來，那些優秀勇敢的人搬到中西部，就那樣有了我們，有了你。你可千萬別忘本。」

我過了好久才回過神說：「我不會的。」接著我說：「媽，對不起，我錯了。」

她沉默不語。我能覺察出她的怒火，也有幾分感覺到，她剛才說出這番話，會害我住院的時間變長，我的身體感覺到了這點。我很想說：「回家去吧，回家啊！去告訴大家，我們不是廢物，告訴他們，你的祖先來到這裡，殺光了所有印第安人，媽！回家去啊，把一切都跟他們說。」

也許我並沒有想對她講那番話。也許那只是我現在寫下這段往事時心裡所想的。

一個來自圖珀洛的窮小子，他愛他的媽媽；一個來自阿姆加什的窮女孩，她也愛她的媽媽。

26

就如同和母親在醫院說到貓王的那天一樣，我後來用了「廢物」這個詞。那是與一位我出院不久結交的好朋友在一起時——她是我一生所交的最知心的密友——這是在我認識她，以及母親來醫院探望我以後。她告訴我，和她母親會吵架，甚至互相大打出手，我對她說：「那真太廢了。」

她啊，我的這位朋友，接著說：「是啊，我們是廢物。」

我記得，她的語氣裡含有捍衛和憤怒之意，怎麼可能沒有呢？我從未告訴她我的感受，未告訴她，我那麼說實在不對。我的朋友比我年長，閱歷也比我豐富，她或許知道——她從小加入的也是基督教公理會——我們不會談及此事。或許她忘了；但我相信她沒有。

還有類似的情況：

在我剛獲知被大學錄取後，便把一篇寫完的故事拿給高中英語老師看。我已不大記得故事的內容，但我記得他圈出「廉價」一詞。那句話大概是寫：「那位婦女穿了一件廉價的洋裝。」他說，別用那個詞，既不雅也不準確。我不確定那是不是他的原話，但他圈出了那個詞，溫和地對我講了一番話，大意是這種寫法不雅也不好——對此，我始終深深記在心底。

27

「嘿，可憐蟲。」我的母親說。

那時是清早。「甜心餅乾」進來過，給我量了體溫，還問我要不要喝果汁。我說我願意試一試果汁，然後她走了出去。雖然我心中有氣，但還是睡了一覺。可是母親卻滿臉疲憊。她似乎不再生氣，只是疲憊而已，但樣子更像那個自己跑來醫院看我的她。「你記不記得，我講過密西西比的瑪麗？」

「不記得——噢，等一等，是給芒福德家生了一堆女兒的瑪麗．芒福德嗎？」

「對，對，你記得沒錯！她嫁給了芒福德家的那小子，生了一堆女兒。查特溫蛋糕店的伊芙琳以前常講起她，她們有點沾親帶故。伊芙琳的丈夫和她是堂兄弟或表兄弟的關係，我記不得了。只記得『密西西比的瑪麗』，伊芙琳是這麼稱呼她的，而且知道她很窮。所以先前我們說到艾維斯，我就不免想起她。她也是圖珀洛鎮人，但她父親舉家搬到了伊利諾州……到卡萊爾，她是在那兒長大的。我不知道他們為何搬到伊利諾州，但她父親在那裡的加油站工作。她沒有半點南方口音……唉，可憐的瑪麗，她實在古靈精怪，還當啦啦隊隊長，然後嫁給了橄欖球隊的隊長，芒福德家的兒子，因為他很有錢。」

母親的聲音再度變得急促，像受到擠壓似的。

「媽——」

她朝我揮手。「別打岔，可憐蟲，假如你想要好的故事素材的話。仔細聽。把這些原原本本地寫下來。是這樣，伊芙琳告訴我，當我在店裡講起——」

「瑪麗蓮．某某——」我們異口同聲地接了話，母親停頓了一下，露出微笑——噢，我愛你，媽媽！

「我繼續說。話說密西西比的瑪麗嫁給了這位富家子弟，生了——噢，不知道是五個還是六個女兒，我相信全是女孩。她這個人很和氣，他們住在一片很大的莊園裡，她丈夫在那兒經營生意，我不知道具體是什麼生意——她丈夫會出差去外地，結果原來十三年來他一直和他的祕書有染，那位祕書是個大胖子，真的很胖、很胖，瑪麗最後終於發現真相，心臟病發！」

「她死了嗎？」

「沒有。我相信應該沒死。」母親在椅子上往後一靠，她面容憔悴。

「噢，那真悲慘。」

「當然悲慘啦！」

我們沉默了一會兒。然後母親說：「我記得她，只因為她——喔，這一切全是她的遠親、蛋糕店的伊芙琳所講——她很喜歡貓王，她和他一樣是在那個爛地方出生的。」

「媽。」

「怎麼了，露西？」她轉身，飛快看了我一眼。

我說：「我很高興有你在這裡。」

母親點點頭，再度眺望窗外。「我常在想，這真的太匪夷所思了。貓王和密西西比的瑪麗，兩人都從如此貧寒的出身，變得非常富有，而這似乎沒讓他們得到半點幸福。」

「沒有，當然沒有。」我說。

28

我會去這個城市有錢人去的場所。這是間診所，一群婦女和幾個男人坐在候診室，等待那位醫生為為他們除去衰老或憂愁的容顏，或改掉他們長得像母親的樣貌。幾年前，我去那裡，想使自己看起來不像我母親。那位醫生說，幾乎每個第一次前來的人都說，他們長得像自己的母親，那不是他們想要的。我在臉上還看到我父親的遺傳，但這位女醫生說，沒問題，那個她也有辦法解決。一般來說，人們不希望自己長得像的，不是母親就是父親，更常見的是父母雙方，她說，但主要是母親。她在我嘴角的皺紋打了小針，然後說，這下你變美了，你有了自己的樣貌。三日後來複診，讓我看看效果。

三天後，在候診室有一位年邁的老婦，她背上戴著一副支架，整個人幾乎折成兩半。她露出微笑的那張臉，經過治療，年輕了不少。我認為她很勇敢。我旁邊坐著一個少年，大概上初中的年紀，還有他的姐姐，他們可能在等母親——我不知道他們在等誰——而且家世富有。即使不是在這位醫生的這間診所裡，你也能感覺到這一點。我望著那個少年和他的姐姐。他們提到打電話給皮普斯，女孩說，我只能打國內的號碼，我的手機不能打國際長途。男孩對此沒有不悅，提議發電子郵件給皮普斯，讓皮普斯打電話給他們。接著，我觀察到這個男孩注視著那位老太太，他饒有興味地盯著她，由於她身子彎得很低，對他而言，她自然成了異類。這是她在他眼中的年紀，我能看得出來——我覺得我能看得出來。我很喜歡這個男孩和他的姐姐，他們看起來健康、美麗、有教養。不久後，那位老太太緩慢地動身離去，拄著她綁了條紅色絲帶的手杖。

男孩突然站了起來，為她開門。

這是一座了不起的城市。這一點，先前我已經講過了。

29

母親陪我待在醫院五天。她待在那裡的最後一晚，我想起了我哥哥。我記得，那天在學校旁的田地裡遇見一夥男生，當時應該是六歲左右，我看到他們在打架，一夥人在揍一個男孩。那個挨揍的孩子就是我哥哥。從他臉上的表情看，彷彿嚇得不能動彈，事實上，他似乎的確沒有動，他蹲著，任這些男生揍他。對此，我見到的只是短短一瞬，因為我轉身就跑掉了。那晚在醫院我還想到，哥哥沒有參加越戰，是因為他抽了一個好籤。在他尚不知曉時，我記得曾聽見父母在夜裡的對話，父親說：他若參軍，必死無疑，我們不能讓他去參軍，部隊生活對他來說會是噩夢。那之後不久，我們得知哥哥抽了一個好籤。父親是愛他的！那晚我領悟到這一點。

隨後我又記起：有一年勞動節，父親帶我，就只有我——不知道為什麼只有我們兩個；我的意思是，不知道哥哥和姐姐人在哪裡，就我和父親兩人去到莫林，離家約四十英里。也許他在那裡有公務，雖然還是在同一州，也難以想像他可能會有什麼樣的公務，更別提在莫林了，但我的確記得，和他在那兒參加黑鷹節，我們觀看印第安人跳舞。印第安婦女站成一圈，圍著男人，她們只是小步邁開，而那些男人則手舞足蹈。父親似乎興味盎然地觀賞著跳舞和慶祝活動。現場有賣裹了蜜糖的蘋果，我一心想要買個來吃，因為從未吃過。父親後來真的買了一個給我，這個舉動讓我驚訝不已。我也記得自己沒辦法吃那個蘋果，因為我小小的牙齒咬不破那層紅色的硬殼，我感到孤立無助，於是他從我手中拿走那個蘋果，把它吃了，可他的眉頭皺起來，我感覺自己給他添了麻煩。我記得自己之後似乎也沒在看那些跳舞的人，只是盯著父親的臉。那張臉對我來說，如此高高在上，我看見他的嘴唇被那個糖蘋果染紅；他會吃，是因為他不得不吃。在我的記憶裡，我因這件事而愛他，他沒有對我咆哮，沒有讓我因咬不動那個蘋果感到愧疚，而是從我手裡拿過蘋果，自己吃了，儘管一點也不喜歡。

我還記得：他對他觀看的表演很感興趣。他對此有興趣，那他怎麼看待那些跳舞的印第安人？

在全城的燈光開始亮起來時，我突然說：「媽咪，你愛不愛我？」

母親搖搖頭，望著窗外的燈光。「可憐蟲，少來。」

「快點，媽，告訴我。」我開始笑出聲，她也跟著笑出聲來。

「可憐蟲，看在老天的分上。」

我坐起身，像小朋友似的拍手。「媽！你愛不愛我，你愛不愛我，你愛不愛我？」

她對我揮一揮手，依舊望著窗外。「傻孩子，」她說，然後搖搖頭，「你這個傻里傻氣的孩子。」

我重新躺下，閉上眼睛。我說：「媽，我的眼睛閉上了。」

「露西，不許再鬧。」我聽出她話語中的笑意。

「快點，媽。我的眼睛閉上了。」

病房裡靜默了一會兒。我感到很開心。「媽？」我說。

「當你的眼睛閉上時……」她說。

「當我的眼睛閉上時，你愛我，對嗎？」

「當你的眼睛閉上時……」她說。我們沒有再玩下去，但我真的好開心。

薩拉．佩恩說，假如你的故事裡存在薄弱之處，不要迴避，要正視它並設法改正，切勿等讀者發現以後才處理。她說，這是你樹立作者權威的地方——她說這些，是在每回她因教學而臉上盡顯疲憊之色的其中一堂課上。我覺得人們也許不理解我母親怎麼就是講不出「我愛你」那幾個字；我覺得人們或許也不理解這幾個字：那沒什麼。

30

那是隔日，在醫院裡的星期一，「甜心餅乾」說我需要再照一次X光；一下就好，她說，他們會馬上來推我過去。不到一個小時，我重返病房。母親跟我揮手，我一躺回病床也立刻跟她揮手。「小意思。」我對她說。她說：「你是個勇敢的孩子，小可憐蟲。」她望著窗外，我也望著窗外。

我們想必還講了些別的，我確信我們講了。但隨後，我的醫生急匆匆進來說：「我們恐怕得送你去做手術。你可能有阻塞的狀況，目前情況在我看來不妙。」

「不行，」我說著，坐起身。「假如做手術，我會死的。看，我已經瘦成什麼樣子！」

我的醫生說：「除了生病以外，你健康，你也年輕。」

母親站起來。「我該回去了。」她說。

「媽咪，不要，你不能走！」我哭喊道。

「不，我在這裡待得夠久了，我該回去了。」

醫生對我母親的話沒有任何反應。我記得，他只是堅決要我去做下一個檢查，看我是否需要手術。後來，我在醫院又住了將近五個星期，這期間，他沒有向我問起我母親，沒問我是否想她，也沒說有她陪我想必很好……都沒有，他隻字未提。因此，我也沒有告訴這位和藹的醫生，我好想念她，她的到來是——噢，就算我想說，大概也找不到可以描述的語言。所以我什麼也沒有說。

就這樣，我母親在那天走了。當時她說會害怕，不知怎麼叫計程車，我請一位護士幫她，但我知道，她一到第一大道，就沒有護士能幫她了。兩名男護理員把輪床推進我的病房，放下病床邊的欄杆，我便教母親怎麼舉起手臂，怎麼說「拉瓜迪亞機場」，裝出那是她常說的。不過，我能想像她的惶恐，我也感到惶恐。我想不起她有沒有與我親吻道別，我也無法想像她有那麼做。在我的記憶中，我的母親從未親過我——也許，她其實親過我；也許我記錯了。

31

我講過，在我筆下所寫的那個年代，愛滋病是一件可怕的事。雖然現在依舊可怕，但人們已習以為常。習以為常並不好。可在我住院時，那是新出現的病，尚無人知曉怎麼控制病情，所以得了這種病的人，住的病房門上會貼一張黃紙條，我仍記得那些紙條。黃色的，上面畫了黑線。後來，我跟威廉去德國時，我想起醫院裡那些黃紙條。它們沒有明說「當心！」但意思一樣。那令我想起納粹命令猶太人佩戴的黃色星章。

母親走得如此急速，我躺在輪床上給人推著移動也是如此急速，因此當我突然被拉出寬敞的電梯，靠著牆停在另一層樓的走廊時，我感覺自己竟像被扔在那裡，經過了漫長的時間。然而實際情況是：我被放在一個能望見走廊對面病房的地方，虛掩的房門上貼著那可怕的黃紙條，我看到病床上一個黑眼睛、黑頭髮的男人，他給我感覺是，似乎一刻不停地在盯著我。他就快死了，我感到難過，我明白那樣死去是一種痛苦的死法。我害怕死，但我沒有得他的病；他應該也知道，若我得了那種病，他們不會像這樣把我留在走廊上。

從這名男子的眼神中，我感覺他在向我乞求什麼。我試圖轉開視線，不去打擾他，可每當我再度看向他時，總會發現他仍然在盯著我。至今，我還是時而想起躺在那張病床的男子臉上那雙黝黑的眼睛，凝神看著我。在我的記憶裡，把那目光裡所包含的理解為絕望、乞求。在那之後，每次我陪伴臨終的人（隨著我們年紀變老，那是必然的），我已能逐漸識別出那灼燒的眼神，那即將熄滅的肉體的最後一線光。那天，那名男子拉了我一把。他的眼睛說：我不會把視線移開。我害怕他，害怕死亡，害怕我的母親離我而去。可他的視線就是沒有移開。

32

我沒有再做手術。醫生又對我說了一次，他很抱歉使我受了驚嚇，我只是搖搖頭，讓他知道，我明白他對於我這個病人的關愛，他只是一直在努力保全我的生命。每個星期五，他重複著母親聽他講過的話：「就這樣吧，但願你能度過一個愉快的週末。」而每到星期六和星期日，他還是會現身，說他另有一位病人需要檢查，因此，他順道過來，也看看我的情況。他唯一沒來的那天是父親節。我真羨慕他的孩子啊！父親節！當然，我從未見過他的孩子，但聽說他兒子當了醫生，幾年以後，我去兒子的診所看病，談話中說起我擔心女兒朋友不多，他給了我有益的忠告，以他自己的一個女兒為例，說她現在的朋友超過他其餘的孩子——後來事實證明，我擔心的那個女兒果然如他所說的發展，早先的擔憂是多餘的。而當我的婚姻出現問題時（我簡略地向他提過），這位和藹的醫生替我感到驚慌不安。我清楚記得自己看出那一點，也記得他沒有忠告可以給我。但在距離那麼久以前的那年春夏的九個星期裡——得扣掉父親節那天——這個男人，這位和善可親、已為人父的醫生，每天來看我，有時一天兩次。等我出院，帳單寄來時，他只收了我五趟診費。我要把這個也記下來。

33

我擔心母親。她沒有打電話告訴我她到家了，而病床旁的那臺電話不能撥打國內長途。除非我只打受話人付費的電話，那表示，無論誰在我老家接起電話，都會被問及他們是否願意支付費用；受話人付費電話就是那樣。接線員會說：「你願意支付露西．巴頓的來電費用嗎？」我只用這個辦法打過一次電話給他們，那是在我第二次懷孕時，和威廉發生了一些口角，我不記得是怎麼回事了。反正，我想念母親、想念父親，突然想念起年少時玉米田裡那棵光禿禿的樹，我想念這一切，想得如此深，以至於我推著裡面有小克麗茜的嬰兒車，來到華盛頓廣場公園旁的電話亭，撥打老家的電話。

接的人是母親，接線員說，電話那頭是露西．巴頓，從紐約打來，問她是否願意支付費用，她說：「不。請你轉告那孩子，現在她手頭有錢了，可以花在自己身上。」我沒等接線員向我重複這些話，就把電話掛了。所以那晚在醫院，我沒有打電話回家看她是否已到家，但威廉從我們西村的家裡打電話過去，是我叫他打的。他說到了，她已安全返家。

「她有說別的嗎？」我問著，心裡難過極了。真的，我難過得像個傷心的小孩；有時，小孩也會非常傷心。

「唉，小巴，」威廉說：「小巴，沒有。」

34

第二個星期，我的朋友莫拉來看我。她就坐在床頭邊，感覺如此親近，她說，有你媽媽來陪你，真好。我說是的，真的很好。她告訴我，她恨死她母親了，然後又跟我講了一遍來龍去脈——彷彿以前說過似的——說她多麼恨母親，她生完孩子後必須看精神科醫生，因為想起母親沒有給予她的每樣東西而悲傷難過。那天莫拉對我說了這一切，我現在記下來的同時，想起薩拉・佩恩在亞利桑那州寫作課上講過的一席話。「你只可能有一個故事，」她說：「你將把你唯一的故事寫成許多版本。千萬別為故事操心。你只有一個而已。」

我在莫拉講話時跟她微笑，我很高興見到她。最後，我向她問起我女兒的情況，我不在她們身邊時，她們有沒有顯得特別悲傷？她說，她覺得克麗茜似乎更能理解發生什麼事，她是姐姐，所以這應該是合情合理的。克麗茜在門階上和莫拉說了很久的話，莫拉仔細聽著，克麗茜告訴她，媽咪生病了，但正在好起來。「你確實有告訴她，我正在好起來，對嗎？」我說著，試圖坐起身。莫拉說她告訴克麗茜了。這就是我愛莫拉的地方，她關心我的寶貝克麗茜。我向她問起傑瑞米，他近況如何？

她說沒見到，猜想他應該搬走了。我告訴她，我先生也那麼說。

接著，莫拉聊到她在公園認識的其他母親，有一個將要搬去郊區，另一個要搬去上城。

她要離開時，我感到精疲力竭，但很高興見到她。我感謝她來看我。她說，那是應該的，然後彎下身，親了一下我的頭。

35

先生來探視我，那天應該是週末，否則我想不出有別的可能。他似乎十分疲憊，沒怎麼講話。雖然長得人高馬大，卻和我並排躺在那張狹小的床上，用手梳弄他亞麻色的頭髮。他打開掛在病床上方的電視機。這個有帶電視機的病房，是他出的錢，可是我因為從小家裡沒有電視機，自覺從來看不大懂電視節目。住院期間，我很少打開電視，因為我把電視和白天生病的人聯想在一起。每當我遵守醫生吩咐，推著掛了點滴的簡易裝置到走廊走一走、活動身體時，我總看見大多數病人直愣愣地盯著他們房間的電視機，那令我感到十分悲哀。不過先生也打開了電視，挨著我，躺在我的病床上。我想說說話，可是他累了。我們就那樣靜靜地躺著。

我的醫生看見他，似乎吃了一驚。也許他一點都沒有吃驚，只是我覺得他好像有。他說了些這樣真好，我們能像這般在一起之類的話，我記得腦中一陣刺痛或抽痛，我不知道為什麼。誰都不知道，直到後來我才明白。

我可以確定，先生不只那一天來探病，但我記得的是那天，所以就把那天的事寫下來。這不是在講我婚姻的故事，我無法將那個故事訴諸語言：我無法掌握、或向任何人表明，那許多曾籠罩過我們的困境、糾葛和縷縷清新的空氣及陰濕的空氣。不過我可以告訴你這一點：母親說得對，我的婚姻出現了問題。當女兒們分別十九和二十歲時，我離開了她們的父親，現在我們各自有了新的婚姻。

有時覺得我比和他結婚時更加愛他，但愛，總是想起來容易——我們不受彼此的束縛，現在還沒有，將來也永遠不會有。有時，他坐在書房桌前、女兒們在自己房間裡玩耍的畫面，如此清晰地出現在我腦海，差點令人悲痛地喊出：「我們過去是一家人啊！」此時我想到手機，我們的聯繫方式如此便捷。我記得女兒小時候，我曾對威廉說夢想有那麼一樣東西，每個人能戴在手腕上，比如電話，這樣我們就能隨時互相通話，知道對方身在何處。

話說回來，他到醫院看我、我們沒怎麼講話的那天，應該正是他發現父親在瑞士銀行的帳戶裡為他留了一筆不小的錢的時候。他的祖父靠戰爭發了財，在瑞士銀行存了一筆不小的錢，如今威廉既已滿三十五歲，那筆錢突然是他的了。我是後來出院回家後才知道這件事。這必定使威廉覺得不可思議呀，想一想這些錢的數目和蘊含的意義，他完全不是一個善於表達自己心情的人，所以他和我一起躺在病床上，那個我——誠如多年來我們開玩笑說，或是只有我開玩笑說——那個「從一無所有中來的我」。

第一次和我婆婆見面時，她令我大吃一驚。她住的房子感覺寬敞無比，設備完善，但多年下來，我逐漸發現實際並非如此，那不過是一棟舒適的房子——一棟舒適的中產階級的房子。她的前夫是緬因州的農場主人，我以為緬因州的農場比我所知道的中西部農場要小，便把她想成某個農場工人的妻子的形象，可她其實不是那個樣子。這個嫁給土木工程師的婦人，和顏悅色，看上去不比五十五歲的實際年齡蒼老，她在自己溫馨的家裡翩然自得。我第一次見到她時，她說：「露西，我們帶你去逛街，給你買點衣服吧。」我沒有生氣，什麼氣都沒有，只覺得有點驚訝——生平從未有人對我說過這樣的話。後來，我們一起去了商店，她給我買了幾件衣服。

在我們的小型婚宴上，她對一個朋友說：「這是露西。」她用近乎打趣的口吻，補了一句：「從一無所有中來的露西。」我不生氣，真的，就算現在我也完全不生氣。但我想：這個世上沒有人是從一無所有中來的。

還有一件事：我出院後，常常做夢，夢見我和我的心肝寶貝，將死於納粹之手。即使現在，這麼多年以後，我仍記得那些夢。在一個看似像更衣室的地方，我帶著我的兩個年紀都很小的小寶貝。在夢裡，我明白——我們全都明白，這間更衣室裡還有別人——我們會被納粹帶走、殺害。起先，我們以為那個房間是毒氣室，後來明白那不是，納粹會把我們帶去另一間房，那才是毒氣室。我唱歌給寶貝聽，抱著她們，她們沒有害怕。我讓她們躲在角落，不和其他人接觸。情況是這樣：我願意從容赴死，但不想讓我的孩子感到害怕。我深恐有人會把她們從我身邊奪走，她們也許會被德國人收養，因為她們長得像雅利安小孩，有雅利安人血統。我不忍想到她們遭受虐待，在夢裡，那不是胡思亂想，而是有耳聞目睹的事實，她們可能會遭虐待。這是最可怕的夢，再也沒有比那更可怕的。我不知道這個夢我做了多久，但當我住在紐約，過著小康生活，孩子健康成長之際，我一直夢到這樣的場景。我沒有告訴先生我做了這樣的夢。

36

我給母親寫了一封信，說我愛她，感謝她來醫院看望我，我將永遠不會忘記她的那番舉動。她給我的回信是一張明信片，上面印著夜晚的克萊斯勒大廈。她在伊利諾州阿姆加什小鎮的什麼地方買到那張明信片的，我猜不出來，但她把它寄給我，說「我也永遠不會忘記」，她的落款是「媽」。我把那張明信片放在床邊的電話機旁，不時看一眼。我會拿起它，捧在手裡，看著她的筆跡，那不再是我熟悉的。如今，我仍保留著這張她寄給我的、印著夜晚克萊斯勒大廈的明信片。

當我可以出院時，鞋子不合腳了。我未想到，體重的減少是各個部位的縮減，可實際上的確如此，如今鞋子變得比我的腳大太多了。他們給我一個塑膠袋裝個人物品，我把那張明信片放在最下面。我和先生坐計程車回家，我記得，醫院外的世界似乎明亮極了——明亮得嚇人！我確實因此而感到害怕。回到家的第一晚，孩子們想要和我一起睡，威廉說不行，但她們和我一起躺在床上，我的兩個女兒。上帝啊，我真高興見到我的孩子，她們長這麼大了。貝卡剪了一個亂七八糟的頭，說是她頭髮黏到口香糖，於是我們家的那位朋友，那位自己沒有小孩、曾帶她們到醫院來看我的朋友，便給她剪了頭髮。

傑瑞米。

我不知道他是同性戀。我不知道他生病。不，我先生說，他不像大多數的人，絲毫看不出有那種病狀。現在他走了——他死了，就在我不在家的期間。我淚流不止，是靜默地流著淚。我坐在前門門階上，貝卡輕拍我的頭，克麗茜有時挨著我坐下，伸出她細小的手臂抱住我，而後，兩個女孩又開始在臺階蹦上跳下。莫拉從旁邊走過，說，哎呀，你聽說傑瑞米的事了吧。她說，真倒楣，降臨在男人身上的厄運。女的也有，她又加了一句。我流著淚，她陪我坐著。

我常常——如此常常——想起醫院裡門上貼了黃紙條的那名男子，在我母親離去的那日，我被停放在他病房外的走廊上。想起他看我的眼神，灼灼的目光陰沉、乞求，並帶著絕望，不讓我把視線移開。那有可能是傑瑞米。我曾多次這麼打算：我要去查一查，政府檔案裡肯定有，他死於哪一天，在什麼地方。但我始終沒去查過。

我回家時是夏天，我穿無袖的洋裝，沒意識到自己瘦成了皮包骨。但我發現，每當走在街上給孩子們買吃的時，沒有一個人不帶著恐懼地看著我。我很惱火他們都帶著恐懼地看著我。那和兒時在校車上，有人以為我會坐到他們旁邊而看我的眼神是一樣的。

那些形容枯槁、骨瘦如柴的男人，繼續不斷地走過。

37

我小的時候，我們全家人上的是公理會教堂。我們在教會遭人嫌棄的程度就跟在其他地方一樣，連主日學校的老師也無視我們的存在。一次，我上課遲到，椅子全有人坐了，老師說：「你就坐地上吧，露西。」感恩節我們去教會的活動室，能分到免費的感恩節晚餐，大家在那天對我們的態度會好一些。母親在醫院提到的瑪麗蓮有時在場，通常和她自己的母親一起，她會負責分豆子和滷肉給我們，把小圓麵包連同蓋著塑膠紙的小奶油塊放在桌上。我相信，有人甚至和我們坐一張桌子，我不記得我們在那些感恩節的餐會上曾受到鄙夷。許多年來，威廉和我會在感恩節時去紐約的收容所，把我們帶的食物發給大家。我一點也不覺得那是我在回饋。在我們去的收容所，即便不是規模龐大的，我們手裡所帶的火雞或火腿感覺似乎突然變得非常微小。在紐約，我們饋送食物的對象不是公理會教友。他們通常是非白人，有時是患精神病的人，有一年，威廉說：「這件事，我再也堅持不下去了。」我說那好吧，於是我也終止了這項舉動。

可是有人在受凍啊！這是我不忍心見到的！我在報上讀到一篇文章，講住在布朗克斯區的一對上了年紀的夫婦，繳不起暖氣費，他們坐在廚房裡，開著烤箱。每年我都會捐錢，讓人們不至於受凍，威廉也捐錢。可是記下我捐錢讓人們能有暖氣這件事，令我感到心頭不安。母親會說，停止你無聊的吹噓，沒心沒肺的露西．巴頓。

38

那位和藹的醫生說，我可能需要很久才能恢復體重，我記得他是對的，但不記得這個很久是多久。我去他那裡做複查，起先每兩週一次，後來一個月一次。我努力想讓自己看起來漂亮些，我記得自己會試好幾套不同的衣服，照鏡子，看那在他的眼裡會是什麼模樣。在他的診所，候診室裡有人，檢查室裡有人，然後是他自己的辦公室，形形色色的人體魚貫進出。我思忖著，他見過多少人的屁股，那些屁股想必大不相同。有他在，我總是感覺放心，感覺他關注我的體重和各方面的健康。一天，我等著進他的辦公室，我穿了一條藍色的洋裝和黑褲襪，倚在他辦公室門外的牆上。他正在與一位年邁的老婦人講話，她的穿著是精心打扮過的——這是我們的共同之處，為了見我們的醫生，沐浴更衣、精心打扮。她說：「我腸胃脹氣。那真教人難堪。有什麼辦法嗎？」

他同情地搖搖頭。「那是頑疾。」他說。

多年來，我的女兒在遇到令她們為難的處境時，會說「那是頑疾」，因為她們聽我講這個故事聽了太多遍。

我不確定最後一次看這位醫生是什麼時候。我在出院後的幾年裡去過好幾次，後來有一次，我打電話預約，他們說他退休了，他的同事可以替我看診。我真想寫一封信給他，說出他對我的意義，可惜當時我的人生遇到麻煩，整個人精神渙散。我沒有寫信給他，再也沒有見過他。他就那樣消失了，這位最親、最愛的男士，這位很久以前我住院時的心靈友伴，不知去了哪裡。這也是發生在紐約的一個故事。

39

我在上薩拉．佩恩的寫作課時，一位別班的學生來看她。當時是下課，偶爾有些人會留下來與薩拉攀談，這位隔壁班的學生進來說：「我非常喜歡你的作品。」薩拉說謝謝，然後坐在桌旁，開始收拾她的東西。「我喜歡那篇寫新罕布夏州的……」這位學生說，薩拉閃過一笑，點了點頭。這位學生一邊朝門走去，彷彿要追隨薩拉出教室似的，一邊說：「我以前認識一個從新罕布夏州來的人。」

我覺得，薩拉這時的表情有些困惑。「是嗎？」她說。

「是的，賈妮·坦佩爾頓。你不認識賈妮·坦佩爾頓，對吧？」

「不認識。」

「她的父親是飛行員，在航空公司工作，是過去的泛美航空還哪家公司。」這位年紀不輕的學生說：「賈妮的父親曾經精神崩潰過。那次他開始一邊繞著他們家走，一邊自慰。那是後來有人告訴我的，說賈妮看到了這一幕——大概是她上高中時，我不清楚，反正，她的父親出現了，就這麼一邊繞著房子走、一邊起勁自慰、無法克制自己的行徑。」

我在亞利桑那的熱浪中打起冷顫，渾身起了雞皮疙瘩。

薩拉·佩恩站了起來。「希望他不是經常駕駛飛機。好，就這樣吧。」她看到我，朝我點點頭。「明天見。」她說。

以前我從未聽說過，此後也沒再聽說過，這樣的「事情」（這是我自己私下的叫法）竟與發生在我們家的一樣。

我相信，那是第二天，薩拉・佩恩跟我們講授，下筆時要懷著像上帝般開闊的心胸。

後來，第一本書出版後，我去看醫生，那位醫生是我至今遇過的最善解人意的女士。我在一張紙上寫下那位學生說的話，講那個來自新罕布夏州、名叫賈妮・坦佩爾頓的人。我寫下發生在我小時候家裡的事；寫下在婚姻裡發生的事；寫下我說不出口的事。她一一讀了，然後說，謝謝你，露西。一切都會好的。

40

自母親來醫院探望我之後，我只見過她一次，這之間隔了近九年。我為什麼不去看她？不去看父親和哥哥姐姐？不去看我素未謀面的外甥外甥女？我認為——簡單地說，不去就少點心煩。先生不會陪我同行，我不怪他，（我知道接下來這話是在自我辯解）我的父母、姐姐、哥哥，既沒寫信、也沒打電話給我，而在我打電話給他們時，總是態度生硬；我感覺我從他們的話音中聽出怒意，一種骨子裡的怨恨，彷彿在無聲地表示：你和我們不是同類人，彷彿我因離開他們而背叛了他們。我想也許是的。我的孩子尚未成年，她們隨時需要有人照料，我一天中用來寫作的兩三個小時，對我而言至關重要。再者，我的第一本書即將出版。

可是母親病了，如此一來，我成了唯一去芝加哥她的病房、坐在她床尾的人。我想給予她以前她曾給我的，她陪我住院的那些日子裡，那種不眠不休的關心。

走出醫院的電梯時，父親上前迎接我，若不是我從他的眼中看出那份感激，感激我來幫他，我根本認不出這個陌生人是誰。我從未想過他看上去會如此蒼老，我心中的任何怒火，或他心中的，似乎不再和我們有關聯。我一生大多時候對他有過的厭惡也蕩然無存。他是一位老翁，在醫院面對妻子快要死去的老翁。「爸爸。」我喊道，眼睛盯著他看。他穿了一件皺巴巴、有領子的襯衫和牛仔褲。我相信剛一見面他太害羞，不敢擁抱我，所以我主動擁抱他，想像他溫暖的手按在我頭上。可是那天在醫院裡，他並沒有伸手蓋住我的頭，我深深的心底隱約聽見那聲低喃，「過去了。」

母親病痛纏身，就快要死了。這似乎不是一件我能相信的事。那時，我的孩子已經十幾歲，我尤其擔心克麗茜會抽太多大麻。所以我頻繁地和她們通電話，第二天晚上，我坐在離母親不遠的地方時，她輕聲對我說：「露西，我需要你做一件事。」

我站起，朝她走去。「好的，」我說：「你講。」

「我要你走。」她平靜地說出這句話，我聽出她的話語裡不含怒意。我聽出她的堅決，但講真的，我一時感到驚慌失措。

我很想說：假如我走，我將永遠再也見不到你。雖然現實對我們一直很殘酷，但不要趕我走，我受不了和你永別！

我說的是：「好，媽。明天走，好嗎？」

她看著我，眼中湧滿淚水。她的嘴唇抽動了一下，低語著：「就現在，走吧。親愛的，求你了。」

「哦，媽咪——」

她低語：「可憐蟲，求你了。」

「我會想你的，」我說，但是已經哭出聲，我知道那是她不能容忍的，我聽見她說：「嗯，你會的。」

我彎腰，親了一下她的頭髮，那因生病和臥床而失去光澤的髮絲。接著我轉身，拿起自己的東西，我沒有回頭，但在走出病房門的那一刻，我無法繼續向前邁步，忍不住後退了一步：「媽咪，我愛你！」我大聲說。雖然我面對著走廊，但她的床離我咫尺，她應該能聽見我的話，我確信。我等待著，沒有回應，沒有聲響。我告訴自己，她聽見我的話了。無數次，我告訴自己，我一直這樣告訴自己。

當時我立刻走到護士工作站。我懇求著說，請不要讓她受苦，他們答應我不會讓她受苦。我不相信他們的話，因為無法忘記我第一次割除闌尾時，病房裡住著一位奄奄一息的婦人，那位婦人一直痛苦難捱。拜託了，我懇求這些護士，但我在他們眼裡看到最無奈的疲憊，他們能做的都已經做了。

候診室裡坐著父親，當他看見我的淚水時，飛快地搖頭。我坐在他身旁，低聲重複母親的話，說她要我走。「什麼時候舉行葬禮？」我問：「唉，求求你，告訴我是什麼時候，爸爸，我會立刻回來的。」

他說不會舉行葬禮。

我理解。我覺得我理解。「不過，大家還是會來悼念，」我說：「那些找她做過裁縫的人，大家會來悼念。」

我的父親搖搖頭。不辦葬禮，他說。

所以她沒有葬禮。

他也沒有，隔年，他也因為肺炎去世了。他一直不肯讓哥哥帶他去看醫生，我在他臨終前飛去探望，他就住在我許多年未曾見過的那間屋子裡。那令我恐懼，那間屋子，那裡面的氣味和狹小的空間，還有父親病重、母親已逝的事實。已逝！「爸，」我坐在他的床邊說：「爸，噯，爸爸，對不起。」我說了一遍又一遍：「爸爸，爸爸，真對不起。對不起，爸爸。」他緊抓著我的手，他的眼睛濡濕，皮膚薄如蟬翼，他說：「露西，你一直是個乖女兒。你一直是個好乖的女兒啊。」我很肯定他這話是對我講的。我相信（雖然不確定），當時姐姐離開了房間。那晚父親死了，或更確切地說，是第二日凌晨三點鐘。只有我陪著他，一聽見那突來的寂靜時，我站起身看著他，說：「爸，別走！別走，爸爸！」

41

相繼見過母親和父親最後一面之後，我回到紐約時，眼中的世界開始變得不一樣。先生好像個陌生人，而處於青春期的孩子，似乎對我身邊的許多事也不感興趣。我徹底迷惘，忍不住感到驚慌，彷彿我們巴頓家的五個人——雖然我們向來邊緣——是一個主宰我的體系，直到這個體系終結時我才明白它的存在。我不停地想起哥哥和姐姐，想起父親過世時他們臉上的困惑。我不停想起我們五人曾是多麼反常的一家人，但那一刻，我也看出我們的根如此固執地纏繞在彼此的心上。我先生說：「可是你對他們毫無好感。」經他那麼一說後，我感到格外惶恐。

我的書收到好評，突然間，我必須出遠門。有人說這實在太難以置信，我竟然這樣一夕成名！我上了一個全國性的晨間新聞節目。我的宣傳人員說，要表現出愉快的樣子。你是這些穿戴齊整的職業女性想成為的目標，所以參加那個節目時要表現出愉快的樣子。我始終很信任這個宣傳人員，對她也很滿意，她的經驗相當豐富。那檔新聞節目是在紐約，我沒有人們臆想的那麼怯場。恐懼這東西，是一件難以捉摸的事。我坐在椅子上，麥克風別在外套的翻領上，我望著窗外，看見一輛黃色計程車，想著自己在紐約，我愛紐約，這是我的家。可當我去別的城市時——那是我的任務——幾乎時時刻刻膽戰心驚。酒店房間是一處寂寞之所。上帝啊，那真是一處寂寞之所。

這一切恰好發生在電子郵件成為世人普遍的通信方式以前。我的書問世之後，收到許多人的來信，告訴我那本書對他們的意義。其中有一封信，是我年輕時認識的那位藝術家寫來的，他告訴我他有多喜歡那本書。收到的每一封信，我都做了回覆，但他的，我沒有回。

42

克麗茜離家上大學，緊接著第二年是貝卡，我真以為自己會活不下去，這不是口頭說說，我講的是事實。從來沒有什麼能讓我對這類事情做好準備，如今我總算在真實生活中見到這樣的例子：有些女性感到那是撕心裂肺的痛，而有些女性覺得讓孩子離家是如釋重負。那位把我的容顏改得不像我母親的醫生，她問我，女兒上大學後我都做些什麼，我說：「我的婚姻結束了。」又趕緊補充說：「但你的不會。」她說：「不一定，不一定。」

43

離開威廉時，我沒有接受他主動給的錢，和法律規定屬於我的錢。事實上，我不覺得那是自己應得的。只希望我的女兒衣食無憂；這一點馬上就談妥了，她們會衣食無憂。另外，那些錢的來路也讓我感到不安，忍不住想起那個詞：納粹。就我自己而言，我不在乎有沒有錢，而且也已經賺了錢——到底什麼樣的作家能賺錢啊？反正，我賺了錢，並且賺得越來越多，因此認為我沒理由拿威廉的錢。不過，那句「就我自己而言，我不在乎」，我的意思是：我從小到大，一貧如洗，唯獨頭腦裡的東西可算是自己的財富，所以我的需求不多。換作別人，在像我這樣的環境下長大，估計會需索更多，但我不在乎。我真的不在乎；而更巧的是，我很幸運，憑寫書有了錢。我想起母親在醫院說的話，錢沒有幫到貓王和密西西比的瑪麗。但我明白錢的重要性，在婚姻裡，在人生裡，錢是權力，我太明白那個道理。不論我說什麼，或誰說什麼，錢都是權力。

這講的不是我婚姻的故事，我說過了，無法將我婚姻的故事訴諸筆端。但有時我思索，第一任先生知道些什麼。我嫁給威廉時二十歲，我想為他下廚，於是買了一本有精美食譜的雜誌，並四處採購原料。一天傍晚，威廉經過廚房，往爐子上煎鍋裡的東西看了一眼，接著又回過頭走進廚房。「小巴，」他說：「這是什麼？」我說是大蒜，食譜上要求把一瓣大蒜用橄欖油炒香。他耐心委婉地解釋，這大蒜需要先把皮去掉，剝成一瓣一瓣才對。此刻，我的腦中又勾畫出那一大顆沒去皮的大蒜，置於倒了橄欖油的煎鍋中央。

女兒一出世，我便停止在廚藝上下功夫。偶爾，我會做一隻雞，給他們弄點有蘿蔔之類的菜餚，但老實說，食物對我從來沒有很強的吸引力，不像它讓這座城市裡大部分人一樣那般著迷。現在，我先生的妻子喜愛下廚，我指的是我前夫，他現在的妻子喜愛下廚。

44

我的現任丈夫在芝加哥郊外長大。他從小家境貧寒，家裡時而冷得要在屋裡穿大衣，他母親屢屢進出精神病院。「她是瘋子，」先生告訴我：「在我看來，她不愛我們任何一個人。我相信她沒有能力愛。」上四年級時，他拉了一下朋友的大提琴，自此，就在這方面表現出卓越的才華。成年以後，先生一直以拉大提琴為業，他在這裡的市交響樂團演奏。他的笑聲洪亮、開懷。

不管我做什麼給他吃，他都很滿意。

45

話說回來，關於威廉的事我還有一件想講的：在我們結婚後的頭幾年，他帶我去看洋基隊的比賽——當然是在舊的體育場。大多時候他只帶我去，有幾次也會帶孩子一起，我很驚訝他在花錢買票上毫不手軟，也很驚訝他說：「去吧，買個熱狗和一瓶啤酒！」我本來不該驚訝的，畢竟威廉是個出手大方的人，但是也很快明白，我的驚訝是來自於父親給我買糖蘋果那時的記憶。不過，洋基隊的那些比賽令我嘆為觀止，那份嘆服，我至今仍然記得。在此之前，我對棒球一竅不通，也沒怎麼關注過芝加哥白襪隊，只是對他們有幾分忠實的擁戴。但看過洋基隊的比賽後，我愛的只有洋基隊。

還記得那片棒球場地讓我印象深刻。我記得觀看那些球員擊球、奔跑，看那些出來平整泥土的男子，我印象最深的是看著夕陽西下，照在附近布朗克斯區的大樓。太陽會照在這些大樓上，接著，在光線逐漸微弱之時，城市燈光會亮起，那正是人們說的「美好的事物」。我想說的是，我有種獲得新生的感覺。

許多年過去，在離開威廉以後，我會沿七十二街朝東河走去，那樣可以直接到河邊，我會抬頭遙望河的上游，回想很久以前我們去看過的棒球賽，覺得有種幸福感，一種在回憶我婚姻中其他往事時不可能有的幸福感；我想說的是，快樂的回憶令我心痛。但回憶起洋基隊的那些比賽卻不然，它們使我心中溢滿對前夫和紐約的愛，時至今日，我仍是洋基隊的球迷，但我知道，自己永遠不會再去看任何一場比賽。那是從前一段不同的人生。

46

我想起傑瑞米對我說的，要當作家，必須毫不留情。我想，之所以不去探望哥哥姐姐和父母，是因為我一直投入於寫一個短篇，時間總是不夠（但也是我自己不想去）。時間真的總是不夠，再後來，我明瞭，假如繼續維持那段婚姻的話，我將寫不出下一本書——寫不出我想寫的那種，所以就離了婚。但其實，我認為毫不留情的意思，就是用行動展現出牢牢把握自己，也就是說，表現出：這就是我，我不會去自己不能忍受的地方（像去伊利諾州的阿姆加什），我不會維持一段不想維持的婚姻，我要把握自己，在人生的路上向前衝刺，即使像無頭蒼蠅般，我也要走下去！這才是毫不留情，我想。

那天，母親在醫院說我不像哥哥和姐姐：「看看你現在的生活。你義無反顧地前行，並且……成功了。」也許她的意思是，我早已是個毫不留情的人。也許那是她真正想說的，但我不確定母親到底想說什麼。

47

我和哥哥每星期通一次電話。他一直住在我們從小住的那間屋子裡，和父親一樣，也從事農機方面的工作，但他似乎沒被解雇過，也不像父親那樣性情暴躁。我從未跟他提及他和即將待宰的豬睡在一起的事；我從未問過他，是不是仍在讀小朋友的書，那些講大草原人們的故事。我不知道他有沒有女朋友或男朋友。我對他幾乎一無所知。但他客氣地跟我講話，只是從來沒問過我孩子的情況。我問過他，對母親的童年了解多少，她是不是曾經感覺身處危境。他說他不知道。我告訴他她在醫院睡覺都是用打盹的方式，他又說了一遍：他不知道。

當我和姐姐通電話時，她總怒氣沖沖地抱怨她的先生。他不幫忙打掃家裡、做飯或照顧小孩，也不放下馬桶坐墊。這件事，她每次都提，說他自私自利。她手邊的錢不夠，我出錢資助她，每隔幾個月，她會寄一張清單給我，列出她需要為孩子們準備的東西，但迄今，其中三個孩子已經搬出家裡。最後一次，她的單子上寫著「瑜伽課」。我很驚訝她居住的那一丁點大的小鎮還有人開設瑜伽課；我驚訝她——或是她的女兒——還會報名那些課，不過，她每次寄單子給我，我都依上面的數字給她錢，私底下卻對瑜伽課深惡痛絕。但我認為，她覺得那些錢是我欠她的，我想她也許是對的。不得不承認，我也感到好奇，她嫁的是個什麼樣的男人，為什麼就是不把馬桶坐墊放下來？「這是因為憤怒……」我那個善解人意的女醫生說，然後她聳了聳肩。

48

上大學時，我室友有一位待她不好的母親，室友和她的感情不太深。但有一年秋天，這位母親寄給我室友一包乳酪，我們倆都不喜歡乳酪，可我室友非但不忍將它丟棄，甚至捨不得送人。「你介意嗎？」她問：「假如我們想辦法留著這個……我的意思是，這是媽媽給我的。」我說我理解。後來，她把那塊乳酪放在窗臺外面，一直放在那兒，直到完全被雪覆蓋住了，我們也都忘了這回事。到了春天，那塊乳酪還在。最後，她叫我趁她上課時把乳酪處理掉，我照做了。

49

我想說說布魯明黛百貨公司，因為有時會想起那位藝術家，他很得意自己在那裡買了襯衫，我記得自己認為那是他膚淺的表現。但多年來，我和女兒一直去那裡購物消費：在七樓的餐飲櫃檯，我們有自己最喜歡的位置。我們首先去餐飲櫃檯，吃凍優酪乳，然後彼此取笑肚子疼，接著我們四處亂逛，漫無目的逛鞋子館、少女館……幾乎每次她們要什麼，我就買什麼，她們小心、懂事，絕不得寸進尺——我的女兒其實很乖。有幾年，她們鬧脾氣不肯跟我去，而沒了她們的陪伴，我自己也不去布魯明黛百貨公司。時光流逝，如今，她們進城時，我們又再次光顧那裡。這時我會想起那位藝術家，我是懷著眷戀想起他的，希望他的人生順利如意。

至於布魯明黛百貨公司，從諸多意義上講，它是我們的家，我和女兒的家。

布魯明黛百貨公司是我們的家，因為自從我離開孩子從小成長的那個家以後，每搬到一間公寓，都會保留一個臥室，讓她們可以來住，但她們都沒有來過，不管是現在還是以前。凱茜・奈斯利也許和我一樣，但我無從得知；而我所認識的其他母親，她們的孩子也不去探望她們——我從來不責怪那些孩子，我也不怪責自己的孩子，儘管這教我心碎。「我的繼母……」我聽過女兒這樣說。其實，她們只需講「我爸的太太」即可，但她們用的是「我的繼母」。我很想說，在我住院時，她並沒替你們清洗小臉蛋，她連你們的頭髮也沒梳，你們兩個可憐的傢伙，來看我時像沒人要的孩子似的，我的心都碎了，沒有人照顧你們呀！

但我沒有說出口，也不應該說。畢竟，離開她們父親的人是我，雖然當時，我確實認為自己只是離開他而已。但那樣想其實傻得可笑，因為我同樣離開了我的女兒，離開了他們的家。我把這想法藏在心裡，或講給我先生以外的人聽。我是個可以分心、把心分掉的人。

50

那些年裡女兒們的怒火啊！有些往事，我試圖忘記，但永遠忘不了。我擔心，有什麼是讓她們永遠忘不了的事……

51

兩個女兒裡，心腸較軟的貝卡曾在這期間對我說：「媽，你寫小說時，可以修改重寫，但當你和一個人共同生活了二十年後，那就是一本小說，你絕不可能和誰再把那本小說重寫一遍！」

她怎麼明白這個道理的？我親愛的寶貝，她還這麼小，卻明白這個道理。當她告訴我時，我看著她。我說：「你講得對。」

52

有一年夏末，我在她們父親的住處，他去上班了，我是到那裡探視貝卡，當時的她仍一如既往地與他同住。他也尚未與那個帶我們的女兒來醫院、自己沒有小孩的女人結婚。那是個早晨，我去街角的商店，從櫃檯上方的小電視機裡看到一架飛機衝撞了世貿中心。我飛快返回公寓，打開電視，貝卡坐著看電視，我走進廚房，放下所有買的東西，聽見貝卡哭喊著：「媽咪！」第二架飛機飛進了第二幢大樓，當我應哭聲跑過去時，她的表情如此傷悲，我對那一刻念念不忘。我想，這是她童年的結束：死亡，煙霧，滿城和全國的恐懼，這些令人驚駭的事，自那天起緊接而來。當我想起那天，腦中就只有我的女兒。無論從前還是以後，我都沒聽過她發出那樣特別的哭喊。「媽咪！」

有時候，我會想起薩拉．佩恩。在服裝店偶遇的那天，她幾乎說不出自己的名字，我不曉得她是否還住在紐約，而她沒有再寫過新書。我對她的人生一無所知。但我想，教書耗去了她多少精力。我思索她言及的那個事實：我們全都只有一個故事。而我想到的是，我不知道她過去或現在的故事是什麼。我喜歡她寫的書，可是沒有辦法不察覺到，她對有些事避而不談。

53

如今，當我一個人在公寓時，不是常常，但偶爾，我會溫柔大聲地說：「媽咪！」我不知道那是怎麼回事——我是在呼喚自己的母親，還是聽見那天貝卡向我發出的哭喊，當她看見第二架飛機飛進第二幢大樓時……我想，兩者皆有。

這就是我的故事。

而這也是許多人的故事。這是莫拉的故事、是我大學室友的故事，這也許是奈斯利家幾位漂亮女孩的故事。是我母親的故事。「媽咪！」

但這個故事講的是我。這個故事全是我。我叫露西・巴頓。

54

不久前，克麗茜講到我現任先生：「我很喜歡他，媽，但我希望他在睡夢中死去，然後繼母也死了，這樣你和爸爸就會復合。」我親了她頭頂一下。我想，我親了我的孩子。

我是否明白，那會傷及我孩子的感受？我想我明白，雖然她們可能有不同意見。但我想，我十分清楚孩子悶在心頭的痛，那份痛陪伴我們終生，包含的渴望如此巨大，讓你連哭都哭不出來。在每一次心跳的搏動中，我們抓著那份痛不放，就是不放：這是我的，這是我的，這是我的。

55

現在有的時候，我想起秋天，我們小屋周圍農田裡日落的情景。可以看到地平線，完整一圈的地平線，假如你轉身，太陽落在你身後，前方的天空變得粉紅柔美，接著又微微轉藍，彷彿停不下那美麗的畫面。繼而，離落日最近的土地會轉暗，近乎漆黑，映在橘色的地平線上，但倘若你轉一百八十度，肉眼依舊可以看見那片土地，如此柔美，零星幾棵樹，覆蓋莊稼的寂靜田野已翻過土，天光猶在、猶在，然後終於暗下去。彷彿那靈魂可以安寧幾許片刻。

生命一切，對我來說都是奇蹟。

國家圖書館出版品預行編目 (CIP) 資料

不良品 / 伊麗莎白 . 斯特勞特 (Elizabeth Strout) 著
; 張芸譯 . -- 初版 . -- 臺北市 : 遠流 , 2020.09
面； 公分
譯自 : My name is Lucy Barton
ISBN 978-957-32-8865-7(平裝)

874.57 109013252

不良品

作　　者：伊莉莎白・斯特勞特
譯　　者：張芸
總 編 輯：盧春旭
執行編輯：簡伊玲
行銷企劃：鍾湘晴
封面設計：謝佳穎
內頁設計：Alan Chan

發 行 人：王榮文
出版發行：遠流出版事業股份有限公司
地　　址：臺北市南昌路 2 段 81 號 6 樓
客服電話：02-2392-6899
傳　　真：02-2392-6658
郵　　撥：0189456-1
著作權顧問：蕭雄淋律師
ISBN 978-957-32-8865-7

2020 年 9 月 23 日初版一刷
定價：新台幣 320 元（如有缺頁或破損，請寄回更換）

YLib.com 遠流博識網
http://www.ylib.com
Email: ylib@ylib.com